A

Maigret
Band M71

Georges Simenon, geboren 1903 im belgischen Lüttich, gestorben
1989 in Lausanne, gilt als der »meistgelesene, meistübersetzte,
meistverfilmte, mit einem Wort: der erfolgreichste Schriftsteller
des 20. Jahrhunderts« *(Die Zeit)*. Seine erstaunliche literarische
Produktivität (75 Maigret-Romane, über 117 weitere Romane),
viele Ortswechsel, zwei Ehen und unzählige Frauen bestimmten
sein Leben. Rastlos bereiste er die Welt, immer auf der Suche
nach dem, »was bei allen Menschen gleich ist«. Das macht seine
Bücher bis heute so zeitlos.

Georges Simenon

Maigret und der Weinhändler

Roman

Aus dem Französischen von
Hansjürgen Wille, Barbara Klau
und Mirjam Madlung

Atlantik

Die französische Originalausgabe erschien 1969 unter dem Titel
Maigret et le marchand de vin im Verlag Presses de la Cité, Paris.
Die deutsche Erstausgabe erschien 1972 unter dem Titel
Maigret und der Weinhändler im Verlag Kiepenheuer & Witsch, Köln.
Die Übersetzung wurde für die vorliegende Ausgabe von Mirjam
Madlung grundlegend überarbeitet.

*Atlantik Bücher erscheinen im
Hoffmann und Campe Verlag, Hamburg.*

1. Auflage 2020
Copyright © 1969 by Georges Simenon Limited
GEORGES SIMENON ® Simenon.tm
MAIGRET ® Georges Simenon Limited
All rights reserved
Copyright für die deutschen Rechte
© 2019 by Kampa Verlag AG, Zürich
Copyright für diese Ausgabe
© 2020 by Hoffmann und Campe Verlag, Hamburg
www.hoffmann-und-campe.de   www.atlantik-verlag.de
Umschlaggestaltung: Rothfos & Gabler, Hamburg
Umschlagabbildung: © Magdalena Russocka / Trevillion Images
Satz: Tristan Walkhoefer, Leipzig
Gesetzt aus der Stempel Garamond LT und der Ano
Druck und Bindung: GGP Media GmbH, Pößneck
ISBN 978-3-455-00779-4

HOFFMANN
UND CAMPE

Ein Unternehmen der
GANSKE VERLAGSGRUPPE

1

Du hast sie umgebracht, um sie zu bestehlen, nicht wahr?«

»Ich wollte sie nicht umbringen. Ich hatte nur eine Spielzeugpistole. Das ist doch der Beweis.«

»Wusstest du, dass sie viel Geld hatte?«

»Ich wusste nicht, wie viel. Sie hat ihr Leben lang gearbeitet, also musste sie mit zwei- oder dreiundachtzig Jahren ein paar Ersparnisse haben.«

»Wie oft bist du hingegangen und hast sie um Geld gebeten?«

»Ich weiß nicht. Mehrmals. Wenn ich kam, wusste sie gleich, warum. Sie war meine Großmutter und gab mir automatisch fünf Franc. Aber was soll man als Arbeitsloser mit fünf Franc anfangen?«

Maigret war ernst und ein wenig traurig. Es war eine banale Geschichte. Ein schäbiges Verbrechen, wie es fast jede Woche vorkam. Ein Junge von nicht einmal zwanzig Jahren, der eine alleinstehende alte Frau überfällt, um sie zu berauben. Der Unterschied bei Théo Stiernet war nur, dass das Opfer seine Großmutter war.

Der Bursche war viel ruhiger, als man hätte annehmen können, und beantwortete bereitwillig jede Frage. Er war ziemlich fett und weichlich, mit einem runden, fast kinnlosen Gesicht, hervortretenden Augen und dicken Lippen, so rot, dass sie auf den ersten Blick geschminkt wirkten.

»Fünf Franc! Wie einem Kind, das sich sonntags sein Taschengeld abholt!«

»Ihr Mann ist tot?«

»Schon seit fast vierzig Jahren. Sie hatte lange ein kleines Kurzwarengeschäft an der Place Saint-Paul. Erst in den letzten zwei Jahren konnte sie nicht mehr gut gehen und musste den Laden aufgeben.«

»Und dein Vater?«

»Er ist in Bicêtre bei den Verrückten.«

»Hast du noch eine Mutter?«

»Ich lebe schon lange nicht mehr mit ihr zusammen. Sie ist immer betrunken.«

»Geschwister?«

»Eine Schwester. Sie ist mit fünfzehn Jahren von zu Hause weg. Keiner weiß, was aus ihr geworden ist.«

Er sagte das alles ungerührt.

»Woher wusstest du, dass deine Großmutter ihr Geld bei sich zu Hause aufbewahrte?«

»Sie hat den Banken und sogar der Sparkasse misstraut.«

Es war neun Uhr abends. Der Mord war am Vortag um die gleiche Zeit begangen worden, und zwar in dem alten Haus in der Rue du Roi-de-Sicile, in dem Joséphine Ménard zwei Zimmer im dritten Stock bewohnte. Eine Mieterin aus dem vierten war Stiernet auf der Treppe begegnet, als er die Wohnung verließ. Sie kannte ihn gut. Sie hatten einander guten Abend gesagt.

Gegen halb zehn hatte eine andere Nachbarin, Madame Palloc, die im selben Stockwerk gegenüber wohnte, bei der alten Frau vorbeischauen wollen, wie sie es oft tat. Sie hatte geklopft, aber niemand hatte geantwortet. Die Tür war nicht abgeschlossen, also drückte sie die Klinke herunter. Joséphine Ménard war tot, lag gekrümmt auf dem Fußboden, mit zerschmettertem Schädel, das Gesicht zu Brei geschlagen.

Schon um sechs Uhr morgens fand man Théo Stiernet. Er schlief auf einer Bank in der Gare du Nord.

»Was hat dich auf die Idee gebracht, sie umzubringen?«

»Ich hatte das nicht vor. Sie hat mich angegriffen, und da habe ich es mit der Angst bekommen.«

»Hast du deine Spielzeugpistole auf sie gerichtet?«

»Ja. Sie hat nicht mit der Wimper gezuckt. Vielleicht hat sie sofort gesehen, dass es nur ein Spielzeug war.

›Raus mit dir, du Lümmel!‹, hat sie gesagt. ›Wenn

du glaubst, du könntest mir einen Schrecken einjagen ...‹

Sie hat eine Schere vom runden Tisch genommen, ist auf mich zugekommen und hat immer wieder gesagt:

›Verschwinde! Verschwinde, sage ich dir, wenn du es nicht dein Leben lang bereuen willst ...‹

Sie war klein und von zartem Aussehen, aber sehr zäh.

Ich hatte Angst. Ich dachte, sie würde mir mit der Schere die Augen ausstechen. Ich habe mich nach etwas umgesehen, womit ich mich verteidigen könnte. Neben dem Ofen lag ein Feuerhaken, den habe ich genommen.«

»Wie oft hast du zugeschlagen?«

»Ich weiß nicht. Sie wollte einfach nicht umfallen und hat mich die ganze Zeit angestarrt.«

»Hatte sie Blut im Gesicht?«

»Ja. Ich wollte nicht, dass sie leidet. Ich weiß nicht. Ich habe weiter auf sie eingeschlagen.«

Maigret glaubte, den Generalstaatsanwalt vor dem Schwurgericht sagen zu hören:

Stiernet hat sich dann wie besessen auf sein unglückliches Opfer gestürzt ...

»Und als sie hingefallen ist?«

»Ich habe sie angesehen, ohne etwas zu begreifen. Ich wollte sie nicht töten. Ich schwöre es Ihnen. Sie können mir glauben.«

»Du warst aber kaltblütig genug, um die Schubladen zu durchwühlen.«

»Nicht sofort. Erst bin ich zur Tür gegangen. Dann fiel mir ein, ich hatte nur noch einen Franc fünfzig in der Tasche, und man hatte mich aus der Pension hinausgeworfen, weil ich drei Wochen keine Miete gezahlt hatte.«

»Bist du wieder umgekehrt?«

»Ja. Ich habe nicht alles durchwühlt, wie Sie anscheinend glauben. Ich habe nur ein paar Schubladen aufgezogen. Ich habe ein altes Portemonnaie gefunden und es in meine Tasche gesteckt. Dann habe ich eine Pappschachtel an mich genommen, in der zwei Ringe und eine Kamee lagen.«

Die Schmuckstücke lagen auf Maigrets Schreibtisch neben den Pfeifen, ebenso das abgewetzte Portemonnaie.

»Den Haufen Geld hast du nicht gefunden?«

»Ich habe nicht danach gesucht. Ich wollte bloß weg, sie nicht mehr sehen. Wo ich auch in dem Zimmer war, sie schien mich zu beobachten. Auf der Treppe bin ich Madame Menou begegnet. Ich bin in eine Bar gegangen und habe einen Cognac getrunken und drei von den Sandwiches gegessen, die es am Tresen gab.«

»Hattest du Hunger?«

»Wahrscheinlich. Ich habe gegessen, Kaffee getrunken, und dann bin ich durch die Straßen gelaufen. Ich war keinen Schritt weitergekommen, denn in dem Portemonnaie waren nur acht Franc fünfundzwanzig.«

Ich war keinen Schritt weitergekommen.

Er hatte das gesagt, als wäre es das Natürlichste von der Welt, und Maigret musterte ihn nachdenklich, konnte den Blick nicht von ihm wenden.

»Warum bist du gerade zur Gare du Nord gegangen?«

»Das war keine Absicht. Ich bin zufällig dort gelandet. Es war sehr kalt.«

Es war der fünfzehnte Dezember. Ein heftiger Wind wehte, und winzige Schneeflocken wirbelten durch die Luft, bevor sie sich wie Staub auf das Pflaster legten.

»Wolltest du nach Belgien?«

»Mit den paar Franc?«

»Was hattest du vor?«

»Erst mal schlafen.«

»Hast du vorausgesehen, dass man dich verhaften würde?«

»Daran habe ich nicht gedacht.«

»Woran denn?«

»An gar nichts.«

Die Polizei hatte das Geld in Packpapier eingewickelt auf dem Spiegelschrank gefunden. Es waren zweiundzwanzigtausend Franc. »Was hättest du getan, wenn du das Geld gefunden hättest?«

»Ich weiß nicht.«

Die Tür öffnete sich, und Lapointe kam herein.

»Inspektor Fourquet hat gerade angerufen. Er hätte Sie gern gesprochen, aber ich habe ihm gesagt, Sie seien beschäftigt.«

Fourquet gehörte zum 17. Arrondissement, einem reichen, großbürgerlichen Viertel, in dem Verbrechen selten vorkamen.

»In der Rue Fortuny, zweihundert Meter vom Park Monceau entfernt, ist ein Mann erschossen worden. Seinen Papieren nach war er ein ziemlich großes Tier, ein bekannter Weinhändler.«

»Weiß man weiter nichts?«

»Er muss auf dem Weg zu seinem Wagen gewesen sein, als er von vier Kugeln getroffen wurde. Es gibt keine Zeugen. In der Straße ist wenig los, und zu der Zeit war niemand dort.«

Maigret blickte zu Stiernet und zuckte mit den Schultern.

»Ist Lucas da?«

Er ging zur Tür und sah Lucas am Schreibtisch sitzen.

»Würdest du bitte mal einen Moment kommen?«

Stiernet beobachtete sie einen nach dem anderen mit seinen hervortretenden Augen, als ginge ihn das alles nichts an.

»Fang mit dem Verhör noch einmal von vorn an, und schreib seine Antworten mit. Er soll dann das

Protokoll unterzeichnen, und du bringst ihn ins Untersuchungsgefängnis. Du, Lapointe, kommst mit mir.«

Er zog seinen dicken schwarzen Mantel an und band sich den marineblauen Wollschal um, den Madame Maigret ihm gestrickt hatte. Ehe er das Zimmer verließ, stopfte er sich eine Pfeife und zündete sie dann, nach einem letzten Blick auf den Mörder, im Flur an.

Obwohl es noch nicht spät war, waren nur wenige Leute unterwegs. Der eisige Wind ließ einem das Gesicht gefrieren und drang noch durch die wärmste Kleidung. Die beiden Männer setzten sich in eines der kleinen schwarzen Autos der Kriminalpolizei und fuhren in Rekordzeit durch halb Paris.

In der Rue Fortuny wurde der Verkehr angehalten. Polizisten hinderten Schaulustige daran, sich einer Leiche zu nähern, die man auf dem Gehsteig liegen sah. Vier oder fünf Männer liefen geschäftig hin und her.

Fourquet war da und kam auf Maigret zu.

»Der Kommissar des Viertels ist gerade gekommen. Der Arzt auch.«

Maigret schüttelte dem Kommissar, den er gut kannte, die Hand. Er war ein eleganter, liebenswürdiger Mann.

»Kennen Sie Oscar Chabut?«

»Müsste ich ihn kennen?«

»Ein ziemlich wichtiger Mann, einer der größten Weinhändler von Paris. Der Mönchswein, *Vin des Moines*. Das haben Sie bestimmt schon auf Lastwagen und Plakaten gelesen. Er hat auch Frachtkähne und Tankwagen.«

Der Mann, der auf dem Gehsteig lag, war korpulent, aber nicht fett. Er hatte eher den Körperbau eines Rugbyspielers. Der Arzt richtete sich auf und klopfte sich pudrigen Schnee von den Knien.

»Er hat höchstens noch zwei oder drei Minuten gelebt. Die Autopsie wird uns Genaueres sagen.«

Maigret betrachtete die starren hellblauen, fast blassgrauen Augen, das grob geschnittene Gesicht, den kräftigen Kiefer, der sich zu lösen begann.

Der Wagen vom Erkennungsdienst hielt am Gehsteig, und die Männer luden ihre Geräte aus, ähnlich wie ein Film- oder Fernsehteam.

»Haben Sie das Büro des Staatsanwalts benachrichtigt?«

»Ja. Er schickt einen Vertreter und einen Untersuchungsrichter.«

Maigret schaute sich nach Fourquet um, entdeckte ihn dann wenige Schritte entfernt. Er schlug sich auf seine langen Arme, um sich aufzuwärmen.

»Welcher ist sein Wagen?«

Es standen fünf oder sechs am Bordstein, lauter teure Wagen. Der von Chabut war ein roter Jaguar.

»Haben Sie ins Handschuhfach gesehen?«

»Ja. Eine Sonnenbrille, ein Guide Michelin, zwei Straßenkarten der Provence und eine Dose Hustenpastillen.«

»Er ist höchstwahrscheinlich aus einem Haus hier in der Straße gekommen.«

Die war kurz, und als Maigret sich umdrehte, sah er die Jugendstilvilla, vor der die Leiche noch immer lag. Die Fenster waren mit Steinarabesken verziert. Er meinte, das vergitterte Guckfenster in der eisenbeschlagenen Eichentür habe sich gerade bewegt.

»Komm bitte mit, Lapointe.«

Er ging zu der Tür und drückte auf den Klingelknopf. Es dauerte eine Weile, bis sich die Tür einen Spaltbreit öffnete. Eine Frau, von der man nur ein Auge und eine Schulter sah, stand im dunklen Flur.

»Was ist?«

Maigret hatte sie erkannt.

»Guten Abend, Blanche.«

»Was wollen Sie von mir?«

»Kommissar Maigret. Erinnern Sie sich nicht? Richtig, es ist immerhin gut zehn Jahre her, dass wir uns zuletzt gesehen haben.«

Unaufgefordert stieß er die Tür auf.

»Geh hinein«, sagte er zu Lapointe. »Du bist noch zu jung, um Madame Blanche zu kennen, wie alle sie nennen.«

Da er sich in vertrauter Umgebung befand, drehte Maigret den Schalter, um Licht zu machen, und öffnete eine Flügeltür, die in einen großen Salon führte. Er war voll von Teppichen, Wandbehängen, bunten Kissen und Lampen, deren Licht durch seidene Schirme gedämpft wurde.

Madame Blanche wirkte wie fünfzig, obwohl sie bestimmt die Sechzig überschritten hatte. Sie war eine kleine, rundliche Frau, die manche als vornehm bezeichnet hätten. Sie trug ein schwarzes Seidenkleid und eine zwei- oder dreireihige Perlenkette.

»Immer noch so eifrig und diskret?«

Er hatte sie vor dreißig Jahren kennengelernt, als sie auf dem Boulevard de la Madeleine auf den Strich ging. Sie war hübsch und sanft gewesen und hatte ein einnehmendes Lächeln gehabt, mit zwei Grübchen in den Wangen.

Später hatte sie ein Bordell in der Rue Notre-Dame-de-Lorette geleitet, wo man immer hübschen Mädchen begegnet war.

Sie war weiter aufgestiegen. Heute war sie Besitzerin dieser Villa, in der Gelegenheitspärchen ein elegantes Refugium sowie erstklassigen Champagner und Whisky fanden.

»Wie ist es passiert?«, fragte der Kommissar, während sie sich um Haltung bemühte.

»Hier drinnen ist nichts passiert. Was draußen

geschehen ist, weiß ich nicht. Ich habe nur ein Kommen und Gehen bemerkt.«

»Sie haben keine Schüsse gehört?«

»Das waren Schüsse? Ich hatte das für ein Auto gehalten.«

»Wo waren Sie?«

»Um ehrlich zu sein, ich habe in der Küche gerade etwas gegessen. Nur Brot und Schinken. Ich esse nie richtig zu Abend.«

»Wer ist im Haus?«

»Niemand. Warum?«

»Mit wem war Oscar Chabut zusammen?«

»Wer ist Oscar Chabut?«

»Sie täten besser daran, etwas guten Willen zu zeigen. Sonst muss ich Sie zum Quai des Orfèvres mitnehmen.«

»Ich kenne meine Gäste nur mit Vornamen. Das sind fast alles wichtige Leute.«

»Und Sie öffnen die Tür erst, nachdem Sie durch das kleine Fenster gesehen haben.«

»Das ist ein anständiges Haus. Ich lasse nicht jeden Beliebigen rein. Darum lässt uns die Sittenpolizei in Frieden.«

»Haben Sie auch durch das Fenster gesehen, als Chabut gegangen ist?«

»Wie kommen Sie denn darauf?«

»Lapointe, fahr sie zum Quai. Dort wird sie sich vielleicht gesprächiger zeigen.«

»Ich kann das Haus nicht verlassen. Ich sage Ihnen alles, was ich weiß. Ich glaube, der Herr namens Chabut ist der Kunde, der vor etwa einer halben Stunde gegangen ist.«

»War er Stammkunde? Kam er oft?«

»Von Zeit zu Zeit.«

»Einmal im Monat? Einmal in der Woche?«

»Ich möchte sagen, einmal in der Woche.«

»Immer mit derselben Frau?«

»Nein, nicht immer.«

»War Ihnen seine heutige Begleiterin neu?«

Sie zögerte und zuckte schließlich mit den Schultern.

»Ich wüsste nicht, warum ich mich in Kalamitäten bringen sollte. Sie war in einem Jahr an die dreißig Mal hier.«

»Hat er Sie angerufen, um Ihnen seinen Besuch anzukündigen?«

»So wie alle es tun.«

»Wann sind die beiden gekommen?«

»Gegen sieben.«

»Zusammen oder getrennt?«

»Zusammen. Ich habe den roten Wagen sofort erkannt.«

»Haben sie Getränke bestellt?«

»Der Champagner stand schon in einem Eiskübel bereit.«

»Wo ist die Frau?«

»Aber … Sie ist gegangen.«

»Nachdem Chabut erschossen wurde?«

Er las ein Zögern in ihrem Blick.

»Natürlich nicht.«

»Sie behaupten, die Frau sei als Erste gegangen?«

»So war es.«

»Ich glaube Ihnen nicht, Blanche.«

Im Lauf seiner Tätigkeit bei der Kriminalpolizei hatte er oft mit solchen Etablissements zu tun gehabt, und er kannte die Sitten. So wusste er, dass der Mann immer als Erster geht und seiner Begleiterin die Zeit lässt, sich wieder herzurichten.

»Zeigen Sie mir das Zimmer, in dem sich die beiden aufgehalten haben. Du, Lapointe, bewachst den Flur, damit niemand das Haus verlässt. Also, wo waren sie?«

»Im ersten Stock. Das rosa Zimmer.«

Die Wände waren getäfelt, das Treppengeländer geschnitzt, der Läufer, auf jeder Stufe von einer Messingstange gehalten, hellblau und weich.

»Als ich Sie kommen sah …«

»Denn Sie lauerten hinter dem kleinen Fenster?«

»Ist das nicht ganz natürlich? Ich wollte wissen, was los war. Als ich Sie erkannte, ahnte ich sofort, dass ich Schereien bekommen würde …«

»Geben Sie zu, Sie kannten seinen Namen.«

»Ja.«

»Und den seiner Begleiterin?«

»Von der weiß ich nur den Vornamen, ich schwöre es. Anne-Marie. Ich nenne sie die Heuschrecke.«

»Warum?«

»Weil sie groß und mager ist und lange Beine und Arme hat.«

»Wo ist sie?«

»Ich habe Ihnen doch gesagt, sie ist als Erste gegangen.«

»Und ich glaube Ihnen nicht.«

Sie stieß eine Tür auf. In dem Zimmer, dessen Boden ganz mit Teppichen bedeckt war, war eine Frau dabei, das Baldachinbett frisch zu beziehen. Auf einem runden Tischchen standen eine Flasche Champagner und zwei Gläser. Eines hatte Spuren von Lippenstift und enthielt noch einen Rest Sekt.

»Da, Sie sehen doch, dass …«

»Dass sie weder in diesem Zimmer noch im Badezimmer ist, richtig. Wie viele Zimmer haben Sie?«

»Acht.«

»Sind welche besetzt?«

»Nein. Meine Gäste kommen am Nachmittag oder dann viel später. Ich erwartete jemanden um neun Uhr. Er hat gewiss die vielen Menschen draußen gesehen und …«

»Zeigen Sie mir die anderen Zimmer.«

Im ersten Stock waren es vier, alle mehr oder weniger im Empirestil eingerichtet, mit schweren Möbeln und einer Fülle verblichener Wandbehänge.

»Sie sehen, hier ist niemand.«

»Gehen wir weiter.«

»Warum sollte sie ins obere Stockwerk hinaufgegangen sein?«

»Ich möchte es trotzdem sehen.«

In den beiden ersten Zimmern war tatsächlich niemand, aber im dritten saß eine junge Frau ganz steif auf einem granatroten Samtsessel.

Sie sprang auf. Ihr Körper war lang und schmal, sie hatte kaum Busen und Hüften.

»Wer ist das?«, fragte er.

»Die, die auf den Gast um neun Uhr gewartet hat.«

»Kennen Sie sie?«

»Nein.«

Doch die junge Frau zuckte mit den Schultern. Sie schien noch keine zwanzig zu sein und strahlte eine gewisse Gleichgültigkeit aus.

»Er bekommt es ja doch heraus. Er ist von der Polizei, nicht wahr?«

»Kommissar Maigret.«

»Ach, wirklich?«

Sie musterte ihn neugierig.

»Kümmern Sie sich selbst um diesen Fall?«

»Wie Sie sehen.«

»Ist er tot?«

»Ja.«

Sie wandte sich an Madame Blanche und sagte vorwurfsvoll:

»Sie haben gesagt, er ist nur verletzt. Warum haben Sie mich belogen?«

»Ich konnte es nicht wissen. Ich bin nicht zu ihm hingegangen.«

»Wer sind Sie, Mademoiselle?«

»Anne-Marie Boutin, seine Privatsekretärin.«

»Sind Sie oft mit ihm hergekommen?«

»Für gewöhnlich einmal die Woche. Immer am Mittwoch, weil ich da angeblich an einem Englischkurs teilnehme.«

»Gehen wir hinunter«, knurrte Maigret.

Er war ein bisschen angewidert von all den Pastelltönen und dem gedämpften Licht, in dem die Gesichter verschwommen wirkten.

Sie waren im Salon angekommen, aber keiner setzte sich. Man hörte Stimmen, ein Kommen und Gehen auf dem Gehsteig, wo immer noch der eisige Wind wehte, während es im Haus so warm wie in einem Treibhaus war. Wie in einem Treibhaus standen auch überall riesige Grünpflanzen in chinesischen Vasen herum.

»Was wissen Sie von der Ermordung Ihres Chefs?«

»Was sie mir erzählt hat«, antwortete die Heuschrecke, auf Madame Blanche deutend. »Dass jemand auf ihn geschossen und ihn verletzt hat. Dass die Concierge aus dem Nachbarhaus herausgekommen ist und offenbar die Polizei gerufen hat, denn die war schon ein paar Minuten später da.«

Das Kommissariat befand sich ganz in der Nähe, in der Avenue de Villiers.

»War er auf der Stelle tot?«

»Ja.«

Es sah aus, als würde sie noch etwas blasser, aber sie begann nicht zu weinen. Sie schien bloß unter Schock zu stehen.

Mechanisch fuhr sie fort:

»Ich wollte sofort gehen, aber sie ließ das nicht zu.«

»Warum nicht?«, fragte Maigret Madame Blanche.

»Sie wäre Ihrem Kollegen in die Arme gelaufen. Ich wollte sie und mein Haus aus all dem heraushalten. Wenn sich die Zeitungen erst einmischen, muss ich wohl schließen.«

»Erzählen Sie mir genau, was Sie gesehen haben. Wo stand der Mann, der geschossen hat?«

»Zwischen zwei Autos, genau gegenüber der Tür.«

»Konnten Sie ihn deutlich erkennen?«

»Nein. Die Laterne ist ein ganzes Stück entfernt. Ich habe nur eine Gestalt gesehen.«

»War er groß?«

»Eher klein. Breitschultrig und dunkel gekleidet. Er hat drei- oder viermal geschossen. Ich habe die Schüsse nicht gezählt. Monsieur Oscar hat sich an den Bauch gefasst, ist kurz getaumelt und dann nach vorn gefallen.«

Maigret beobachtete die junge Frau. Sie wirkte mitgenommen, zeigte aber keine Spur von Verzweiflung.

»Haben Sie ihn geliebt?«

»Wie meinen Sie das?«

»Waren Sie schon lange seine Geliebte?«

Das Wort schien sie zu überraschen.

»Es war nicht ganz so, wie Sie glauben. Wenn er Lust hatte, gab er mir das zu verstehen. Aber von Liebe sprach er nie. Und auch für mich war er kein Geliebter.«

»Wann erwartet Ihre Mutter Sie?«

»Zwischen halb zehn und zehn.«

»Wo wohnen Sie?«

»In der Rue Caulaincourt, bei der Place Constantin-Pecqueur.«

»Wo ist das Büro von Oscar Chabut?«

»Am Quai de Charenton, hinter den Lagerhäusern von Bercy.«

»Sind Sie morgen Vormittag dort?«

»Sicher.«

»Möglich, dass ich Sie brauche. Lapointe, bring sie zur Metro, damit sie nicht belästigt wird. Vielleicht haben die Zeitungen schon Wind von der Sache bekommen.«

Er spielte mit seiner Pfeife, als zögerte er, sie

in dieser Situation zu stopfen und anzustecken. Schließlich tat er es doch.

Madame Blanche hielt die Hände vor ihrem runden Bauch gefaltet und blickte ihn so unbefangen an wie jemand, der sich nichts vorzuwerfen hat.

»Sind Sie sicher, dass Sie den Schützen nicht erkannt haben?«

»Ich schwöre es Ihnen.«

»Kam Ihr Gast manchmal mit verheirateten Frauen?«

»Ich nehme es an.«

»Kam er häufig?«

»Manchmal mehrmals in einer Woche, dann wieder habe ich zehn oder vierzehn Tage nichts von ihm gehört. Das war eher selten.«

»Hat niemand Sie seinetwegen angerufen?«

»Nein.«

Der Vertreter des Staatsanwalts und der Untersuchungsrichter waren gegangen. Die Kälte war noch grimmiger als zuvor, und die Männer vom Gerichtsmedizinischen Institut, die den Leichnam des Weinhändlers auf eine Bahre gelegt hatten, schoben diese gerade in den Leichenwagen. Die Leute vom Erkennungsdienst stiegen wieder in ihr Auto.

»Habt ihr etwas gefunden?«

»Patronenhülsen. Vier. Kaliber 6,35.«

Ein kleines Kaliber. Eine Waffe für eine Frau

oder einen Amateur, eine Pistole, mit der man aus nächster Nähe schießen muss.

»Keine Journalisten?«

»Es waren zwei da, die sind aber ziemlich bald wieder gegangen, damit sie die Nachricht noch in der Lokalausgabe bringen können.«

Inspektor Fourquet wartete geduldig, wobei er mit den Füßen stampfte. Er hielt sich ein Taschentuch vors Gesicht, damit seine Nase wieder warm wurde.

»Ist er aus diesem Haus gekommen?«

»Ja«, grummelte Maigret.

»Wollen Sie es der Presse mitteilen?«

»Mir wäre viel lieber, es würde nicht veröffentlicht, wenn irgend möglich. Haben Sie seine Papiere, seine Brieftasche?«

Fourquet reichte sie Maigret.

»Seine Privatadresse?«

»Place des Vosges. Die Hausnummer finden Sie auf dem Ausweis. Benachrichtigen Sie seine Frau?«

»Ja, das ist besser, als wenn sie morgen früh aus den Zeitungen davon erfährt.«

An der Ecke Avenue de Villiers war der Eingang zur Metrostation Malesherbes zu sehen, von wo Lapointe mit großen Schritten zurückkam.

»Vielen Dank für Ihren Anruf, Fourquet. Entschuldigen Sie, dass ich Sie so lange habe warten lassen. Es ist wirklich verdammt kalt.«

Er stieg in das kleine Auto, das gut vor der Kälte schützte. Lapointe setzte sich ans Steuer und sah den Chef fragend an.

»Zur Place des Vosges.«

Eine ganze Weile schwiegen sie. Das Gitter mit den goldenen Spitzen am Park Monceau war bereits von einer dünnen Schneeschicht bedeckt, und es schneite weiter. Sie fuhren über die Champs-Élysées, dann über die Quais und hielten dann an der Place des Vosges.

Die Concierge, in ihrer dunklen Loge nicht zu sehen, schaltete das Licht im Flur ein, und Maigret murmelte im Vorbeigehen:

»Zu Madame Chabut ...«

Sie fragte ihn nichts. Die beiden Männer gingen in den ersten Stock hinauf. An der massiven Eichentür stand auf einem kleinen Messingschild der Name Oscar Chabut. Es war erst halb elf. Maigret klingelte. Eine Minute später wurde die Tür geöffnet, und ein Mädchen mit Schürze und Leinenhaube sah sie fragend an. Sie war brünett und hübsch, das schwarze Seidenkleid betonte vorteilhaft ihre Figur.

»Ich möchte zu Madame Chabut.«

»Wen darf ich melden?«

»Kommissar Maigret von der Kriminalpolizei.«

»Einen Moment bitte.«

In der Wohnung lief das Radio oder der Fernseher, man hörte einen Dialog wie in einem Theaterstück. Plötzlich wurde es still, und gleich darauf kam eine Frau in smaragdgrünem Morgenrock mit überraschter Miene auf sie zu.

Sie war noch keine vierzig, und sie war schön, vor allem anmutig. Ihr Gang hatte eine Eleganz, die Maigret verblüffte.

»Folgen Sie mir bitte, meine Herren.«

Sie führte sie in einen großen Salon, wo ein Sessel vor dem soeben ausgeschalteten Fernsehapparat stand.

»Nehmen Sie bitte Platz. Aber sagen Sie mir nur nicht, mein Mann habe einen Unfall gehabt …«

»So ist es leider, Madame.«

»Ist er verletzt?«

»Es ist ernster.«

»Sie meinen …?«

Er nickte.

»Armer Oscar!«

Auch sie weinte nicht, senkte nur traurig den Kopf.

»War er allein im Wagen?«

»Es war kein Autounfall. Jemand hat auf ihn geschossen.«

»Eine Frau?«

»Nein. Ein Mann.«

»Armer Oscar«, wiederholte sie. »Wo ist es passiert?«

Und als Maigret zögerte, sagte sie:

»Scheuen Sie sich nicht, es mir zu erzählen. Ich weiß Bescheid. Wir waren schon lange kein Liebespaar mehr, nicht einmal ein richtiges Ehepaar, sondern einfach Freunde. Er war ein großes liebes Hundchen. Die Leute irrten sich in ihm, weil er sich aufplusterte und gern mit der Faust auf den Tisch schlug.«

»Kennen Sie die Rue Fortuny?«

»Dort hat er sie fast alle hingeführt. Ich kenne sogar diese reizende Madame Blanche, denn er wollte mir das Haus unbedingt zeigen. Sie können mir ruhig sagen, mit wem er dort war.«

»Mit einer jungen Frau. Seiner Privatsekretärin.«

»Die Heuschrecke! Er hat ihr diesen Spitznamen gegeben, aber alle nennen sie so.«

Lapointe musterte sie, erstaunt darüber, wie leicht sie das alles nahm.

»Ist es im Haus passiert?«

»Nein. Auf dem Gehsteig, als Ihr Mann zu seinem Auto ging.«

»Hat man den Mörder gefasst?«

»Er hatte Zeit genug, die Straße hinaufzulaufen, und ist dann wohl in der Metrostation verschwunden. Da Sie von den Abenteuern Ihres Mannes wussten, haben Sie eine Ahnung, wer der Mörder sein könnte?«

»Es könnte jeder sein«, antwortete sie mit einem

28

entwaffnenden Lächeln. »Irgendein Ehemann oder Liebhaber. Es gibt noch eifersüchtige Männer auf der Welt.«

»Hat er keine Drohbriefe bekommen?«

»Ich glaube nicht. Er hatte intime Beziehungen zu manchen unserer Freundinnen, aber ich wüsste keine, deren Mann ein Mord zuzutrauen wäre.

Lassen Sie sich nicht täuschen, Herr Kommissar, mein Mann war keineswegs ein Herzensbrecher. Er war auch kein Rohling, trotz seines Aussehens.

Es überrascht Sie vielleicht, aber er war schüchtern. Gerade dieser Schüchternheit wegen brauchte er die Bestätigung.

Und nichts bestätigte ihn mehr als die Gewissheit, dass er die meisten Frauen haben konnte.«

»Haben Sie nie etwas dagegen gehabt?«

»Zu Anfang tat er es heimlich. Erst nach Jahren habe ich entdeckt, dass er mit mehreren meiner Freundinnen schlief. Einmal habe ich ihn in flagranti ertappt. Wir hatten dann ein langes Gespräch, und von da an waren wir gute Freunde.

Verstehen Sie jetzt? Trotzdem ist es ein großer Verlust für mich. Wir waren aneinander gewöhnt. Wir hatten einander gern.«

»War er eifersüchtig?«

»Er hat mir jede Freiheit gelassen, aber wegen seiner männlichen Eitelkeit wollte er nicht zu genau Bescheid wissen. Wo ist sein Leichnam jetzt?«

»Im Gerichtsmedizinischen Institut. Es wäre mir lieb, wenn Sie morgen im Laufe des Vormittags dorthin gingen, um ihn offiziell zu identifizieren.«

»Wo ist er getroffen worden?«

»Im Bauch und in der Brust.«

»Hat er gelitten?«

»Er war sofort tot.«

»War die Heuschrecke dabei?«

»Nein. Er hat das Haus als Erster verlassen.«

»Er war also ganz allein.«

»Ich bitte Sie, mir morgen eine Liste Ihrer Freundinnen und aller Geliebten, von denen Sie wissen, aufzustellen.«

»Es hat doch ein Mann geschossen?«

»Nach Madame Blanches Aussage, ja.«

»Stand die Tür noch offen?«

»Nein. Sie hat durch das Fenster in der Tür geguckt. Ich danke Ihnen, Madame Chabut, und bedaure, das dürfen Sie mir glauben, dass ich Ihnen diese traurige Nachricht überbringen musste. Ach, übrigens – hat Ihr Mann Verwandte in Paris?«

»Seinen Vater, den alten Désiré. Er ist dreiundsiebzig Jahre alt, führt aber noch sein Bistro am Quai de la Tournelle. Es heißt Au Petit Sancerre. Er ist Witwer und lebt mit einer Kellnerin zusammen. Sie ist um die fünfzig.«

Als sie wieder im Wagen saßen, fragte Maigret Lapointe:

»Und?«

»Eine merkwürdige Frau, nicht wahr? Glauben Sie ihr?«

»Sicher.«

»Großen Kummer hat sie nicht gezeigt.«

»Das kommt noch. Schon bald, wenn sie allein zu Bett geht. Vielleicht ist es eher das Hausmädchen, das weint. Die junge Frau hat bestimmt auch mit ihm geschlafen.«

»Ein liebestoller Mann, nicht wahr?«

»Mehr oder weniger. Es gibt Männer, die das brauchen, um an sich zu glauben. Seine Frau hat das sehr gut begriffen. Quai de la Tournelle ... Ob das Bistro wohl noch offen ist?«

Sie kamen genau in dem Augenblick dort an, als ein weißhaariger Mann mit einer Schürze aus grobem blauem Leinen das Ladengitter herunterließ. Durch die halbgeöffnete Tür sah man Stühle auf den Tischen, Sägespäne auf dem Boden, einige schmutzige Gläser auf der Theke.

»Es ist geschlossen, Messieurs.«

»Wir möchten Sie nur sprechen.«

Er runzelte die Stirn.

»Mich sprechen? Wer sind Sie denn?«

»Kriminalpolizei.«

»Wollen Sie mir wohl bitte sagen, was ich mit der Kriminalpolizei zu schaffen habe?«

Sie waren hineingegangen, und Désiré Chabut

hatte die Tür geschlossen. Ein bauchiger Ofen in einer Ecke des Raums verbreitete wohlige Wärme.

»Es geht nicht um Sie, sondern um Ihren Sohn.«

Misstrauisch blickte er sie mit ruhigen und listigen Augen an.

»Was hat er denn ausgefressen, mein Sohn?«

»Nichts. Es ist ihm etwas zugestoßen.«

»Ich habe ihm immer gesagt, er fährt zu schnell. Ist er schwer verletzt?«

»Er ist tot.«

Der Mann ging hinter die Theke, goss sich schweigend einen Marc ein und kippte ihn in einem Zug hinunter.

»Möchten Sie auch einen?«, fragte er.

Maigret nickte. Lapointe dagegen, der sich aus Marc nichts machte, verzichtete.

»Wo ist es passiert?«

»Es war kein Verkehrsunfall. Ihr Sohn wurde erschossen.«

»Von wem?«

»Das möchte ich eben herausbekommen.«

Auch der Alte weinte nicht. In seinem faltigen Gesicht regte sich kein Muskel, sein Blick war hart.

»Waren Sie bei meiner Schwiegertochter?«

»Ja.«

»Was sagt sie?«

»Sie hat auch keine Ahnung.«

»Ich bin jetzt seit mehr als fünfzig Jahren hier. Kommen Sie mit!«

Er führte sie in die Küche und machte dort Licht.

»Da, sehen Sie!« Er deutete auf das Bild eines sieben- oder achtjährigen Jungen, der einen Reifen hielt, und dann auf ein anderes, das denselben Jungen im Kommunionanzug zeigte.

»Das ist er. Er wurde hier geboren, im Zwischengeschoss. Er hat die Schule im Viertel besucht und dann das Gymnasium. Ist zweimal durchs Abitur gefallen. Dann hat er als Weinvertreter gearbeitet, ging von Tür zu Tür. Schließlich wurde er die rechte Hand eines Händlers in Mâcon, der eine Filiale in Paris hatte. Das Leben war nicht immer gut zu ihm, das können Sie mir glauben. Er hat schwer geschuftet, und als er heiratete, verdiente er gerade so viel, dass zwei davon leben konnten.«

»Liebte er seine Frau?«

»Natürlich liebte er sie. Sie war Schreibkraft bei seinem Chef gewesen. Am Anfang hatten sie eine kleine Wohnung in der Rue Saint-Antoine. Sie sind kinderlos geblieben. Obwohl ich ihm davon abgeraten habe, hat sich Oscar schließlich selbstständig gemacht. Ich war überzeugt, er würde sich die Finger verbrennen. Aber ihm glückte alles, was er unternahm. Haben Sie seine Kähne auf der Seine gesehen, auf denen groß *Vin des Moines* steht?

Wissen Sie, um solchen Erfolg zu haben, muss

man hart sein. Viele kleine Händler haben seinetwegen Bankrott gemacht. Das war natürlich nicht seine Schuld, aber sie grollen ihm trotzdem deswegen. Das ist ja auch menschlich.«

»Wollen Sie damit andeuten, dass der Mord von einem unglücklichen Konkurrenten begangen worden sein könnte?«

»Ist das nicht am wahrscheinlichsten?«

Désiré sprach nicht von den Geliebten seines Sohns, davon, dass ein eifersüchtiger Ehemann oder Liebhaber der Täter sein könnte. Wusste er Bescheid?

»Kennen Sie Leute, die ihm grollen?«

»Nicht persönlich, aber es gibt sie. In den Lagerhäusern in Bercy kann man Ihnen wohl mehr darüber sagen. Mein Sohn galt dort als einer, der sich nicht scheute, anderen auf die Füße zu treten.«

»Hat er Sie oft besucht?«

»Sozusagen nie. Seit er sein eigenes Geschäft hatte, verstanden wir uns nicht mehr besonders gut.«

»Weil Sie ihn zu hart fanden?«

»Deswegen und wegen des Übrigen. Aber lassen wir das.«

Und plötzlich wischte er sich mit einem zittrigen Finger eine Träne von der Wange, eine einzige.

»Wann kann ich ihn sehen?«

»Morgen im Gerichtsmedizinischen Institut, wenn Sie möchten.«

»Das ist am anderen Ufer der Seine, ein Stück weiter unten, nicht wahr?«

Er füllte die beiden Gläser, leerte seines, starrte vor sich hin. Maigret trank auch, und wenige Augenblicke später stieg er wieder in das Auto.

»Zu mir nach Hause bitte. Du kannst dann den Wagen behalten und ebenfalls nach Hause fahren.«

Es war fast Mitternacht, als er die Treppe hinaufging und sah, wie sich die Wohnungstür öffnete und seine Frau auf den Treppenabsatz hinaustrat. Er hatte ihr schon um acht Uhr mitteilen lassen, er werde erst spät zurückkommen, denn er hatte geglaubt, dass er länger mit dem jungen Stiernet befasst sein würde.

»Hast du dich auch nicht erkältet?«

»Ich bin kaum im Freien gewesen, habe meistens im Auto gesessen.«

»Deine Stimme klingt heiser.«

»Aber ich huste nicht und habe keinen Schnupfen.«

»Warte nur bis morgen früh. Ich mache dir lieber einen Grog und gebe dir zwei Aspirin. Hat der Junge gestanden?«

Sie wusste nur, dass Stiernet seine Großmutter erschlagen hatte.

»Er hat nicht einen Augenblick geleugnet. Es lief wie am Schnürchen.«

»Wollte er Geld?«

»Er ist arbeitslos, und man hat ihn gerade aus seinem Zimmer geworfen, das er seit zwei Monaten nicht bezahlt hatte.«

»Ein grober Kerl?«

»Nein. Er hat ungefähr die Intelligenz eines zehnjährigen Kindes. Er ist sich gar nicht im Klaren darüber, was er getan hat und was ihn erwartet. Er beantwortet jede Frage bereitwillig wie ein eifriger Schüler.«

»Hältst du ihn für unzurechnungsfähig?«

»Das festzustellen, ist Sache der Richter, nicht meine. Zum Glück!«

»Besteht die Möglichkeit, dass man ihm einen guten Verteidiger stellt?«

»Es wird wie immer ein wenig erfahrener Verteidiger sein, der beim Schwurgericht unbekannt ist. Der Junge hat noch drei Franc in der Tasche. Aber nicht er hat mich bis jetzt aufgehalten, sondern ein wichtiger Mann, der erschossen wurde, als er aus einem der schicksten Pariser Stundenhotels kam.«

»Ich bin gleich wieder da. Das Wasser kocht. Ich mache dir schnell deinen Grog.«

Inzwischen zog er sich aus, schlüpfte in seinen Pyjama, zögerte, ob er sich noch eine letzte Pfeife stopfen sollte, tat es dann aber natürlich. Schmeckte der Tabak nicht schon nach Erkältung?

2

Als Madame Maigret ihm auf die Schulter tippte, eine Tasse Kaffee in der Hand, hätte er, so wie manchmal in seiner Kindheit, am liebsten gesagt, er fühle sich nicht gut und müsse im warmen Bett bleiben.

Sein Kopf schmerzte, vor allem die Stirnhöhle, und sein Gesicht fühlte sich feucht an. Die Fensterscheiben waren milchig weiß, wie aus Mattglas.

Er nahm ein paar Schlucke, erhob sich schließlich stöhnend und sah hinaus. Die ersten Passanten, eilig unterwegs zum Metroeingang, die Hände in den Taschen vergraben, waren nur Silhouetten im Nebel.

Er wurde langsam wach, trank seinen Kaffee aus und stand dann lange unter der Dusche. Beim Rasieren schließlich wanderten seine Gedanken zu Chabut, der ihn faszinierte.

Wer hatte das getreueste Bild von ihm gezeichnet? Für Madame Blanche war er bloß ein Kunde, allerdings einer ihrer besten, der bei jedem Besuch Champagner bestellte. Er gab viel Geld aus, um zu zeigen, dass er reich war. Vermutlich sagte er gern:

»Ich habe klein angefangen, bin als Vertreter von Tür zu Tür gegangen, und mein Vater hat noch heute ein Bistro am Quai de la Tournelle. Er kann kaum lesen und schreiben.«

Was dachte die Heuschrecke von ihm? Sie hatte nicht geweint, und doch schien es Maigret, dass Chabut ihr nicht gleichgültig gewesen war. Sie wusste, sie war nicht die Einzige, die er in die abgeschirmte Villa in der Rue Fortuny führte, aber sie wirkte nicht eifersüchtig.

Die Frau des Weinhändlers noch weniger. Maigret fiel dies und jenes ein, was er unbewusst registriert hatte. Zum Beispiel das Ölbild in Lebensgröße, das an prominenter Stelle im Salon an der Place des Vosges hing. Es war ein gut gearbeitetes, wirklichkeitsgetreues Porträt. Chabut blickte den Betrachter herausfordernd an, die Hand zur Faust geballt, als wollte er gleich zuschlagen.

»Wie fühlst du dich?«

»Nach der zweiten Tasse Kaffee wird es mir besser gehen.«

»Nimm trotzdem ein Aspirin und halte dich so wenig wie möglich draußen auf. Ich rufe ein Taxi.«

Als er am Quai des Orfèvres ankam, war er in Gedanken noch immer beim Weinhändler. Das Bild war zwar noch verschwommen, aber er bemühte sich, ihn lebendig vor sich zu sehen. Wüsste er mehr über ihn, so war sein Eindruck, dann würde er den Mörder ohne große Mühe finden.

Es war immer noch sehr neblig, und Maigret musste Licht machen. Er öffnete seine Post, unterschrieb ein paar Schriftstücke und begab sich um neun Uhr zum Rapport ins Büro des Direktors.

Als er an der Reihe war, berichtete er kurz über den Fall Théo Stiernet.

»Glauben Sie, dass er geistig zurückgeblieben ist?«

»Darauf wird sein Anwalt wohl plädieren, wenn er nicht das Motiv der unglücklichen Kindheit bemüht. Stiernet hat fünfzehnmal zugeschlagen, es wird also um rohe Gewalt gehen, zumal das Opfer seine Großmutter war. Ihm ist nicht klar, was ihn erwartet. Er beantwortet bereitwillig alle Fragen und findet das, was er getan hat, nicht besonders schlimm.«

»Und die Sache in der Rue Fortuny, von der die Zeitungen heute Morgen kurz berichten?«

»Darüber wird man noch sprechen. Das Opfer ist ein bekannter, reicher Mann. In den Gängen der Metro hängen Plakate, die für seinen *Vin des Moines* werben.«

»Eine Beziehungstat?«

»Ich weiß es noch nicht. Er hat alles getan, um sich Feinde zu machen, man kann daher nichts ausschließen.«

»Stimmt es, dass er aus einem Stundenhotel kam?«

»Haben Sie das in der Zeitung gelesen?«

»Nein. Aber ich kenne die Rue Fortuny, und da ist mir gleich der Gedanke gekommen.«

Als Maigret in sein Büro zurückkehrte, gingen ihm die Ereignisse vom Abend zuvor immer noch durch den Kopf. Auch Jeanne Chabut beschäftigte ihn. Sie hatte nicht geweint, auch sie nicht, obwohl es ein Schock für sie gewesen war. Sie musste fünf, sechs Jahre jünger sein als ihr Mann.

Woher hatte sie diese Eleganz, diese Gewandtheit, die in jedem ihrer Worte, jeder kleinen Geste zum Ausdruck kam?

Chabut hatte sie in mageren Zeiten kennengelernt, als sie nur ein einfaches Schreibfräulein war.

Oscar mochte sich bei den besten Schneidern eingekleidet haben, etwas Ungehobeltes und Plumpes hatte er doch behalten.

Er konnte es wohl selbst nicht fassen, dass er so viel Glück gehabt hatte, und empfand das Bedürfnis, mit seinem Vermögen zu prahlen.

Bestimmt hatte sie die Wohnung eingerichtet, bis auf das etwas lächerliche Porträt. Moderne und alte Möbel standen nebeneinander und bildeten ein harmonisches Ganzes, schufen eine Atmosphäre, in der man sich wohlfühlte. Im Moment bereitete sie sich wahrscheinlich auf die Fahrt zum Gerichtsmedizinischen Institut vor, wo die Autopsie wohl schon vorangeschritten war. Sie würde der deprimierenden Atmosphäre dessen, was man früher das Leichenschauhaus nannte, gewachsen sein und nicht mit der Wimper zucken.

»Bist du da, Lapointe?«

»Ja, Chef.«

»Wir gehen.«

Er zog seinen dicken Mantel an, band sich den Schal um den Hals, setzte den Hut auf und steckte sich, ehe er sein Büro verließ, eine Pfeife an. Auf dem Hof stiegen sie in eines der kleinen schwarzen Autos, und Lapointe fragte:

»Wohin fahren wir?«

»Zum Quai de Charenton.«

Sie fuhren den Quai de Bercy entlang, wo hinter Gitterzäunen Lagerhäuser aufragten. Jedes trug den Namen eines Weingroßhändlers, und auf drei der größten prangte der Schriftzug *Vin des Moines*.

Ein Stück weiter befand sich unterhalb der Straße eine Art Hafen. Viele Fässer waren dort aufgereiht, andere wurden von einem Kahn abgeladen. Wieder *Vin des Moines*. Wieder Oscar Chabut.

Das Gebäude auf der anderen Straßenseite war alt und von einem großen Hof umgeben. Dort stand ebenfalls ein Fass neben dem anderen. Hinten lud man Kästen mit Flaschen in Lastwagen, und ein Mann mit blauer Schürze und einem herunterhängenden Schnurrbart schien das Geschehen zu beaufsichtigen.

»Soll ich mitkommen? Ich parke den Wagen im Hof.«

»Bitte, ja.«

Selbst im Hof roch es nach Wein. Ebenso in dem breiten gefliesten Flur, den sie betraten, nachdem sie auf einem Emailleschild gelesen hatten: *Bitte eintreten, ohne zu klingeln.* Links stand eine Tür offen. In einem ziemlich düsteren Büro saß eine junge, leicht schielende Frau vor einer Telefonanlage.

»Sie wünschen?«

»Ist die Privatsekretärin von Monsieur Chabut da?«

Sie blickte die beiden misstrauisch an.

»Möchten Sie sie persönlich sprechen?«

»Ja.«

»Kennen Sie sie?«

»Ja.«

»Sie wissen, was geschehen ist?«

»Ja. Melden Sie ihr Kommissar Maigret.«

Sie betrachtete ihn etwas aufmerksamer und richtete dann ihren Blick auf den jungen Lapointe, der sie noch mehr zu interessieren schien.

»Hallo? Anne-Marie? … Hier ist ein gewisser Kommissar Maigret und jemand, dessen Namen ich nicht weiß. Sie möchten dich sprechen … Ja. Gut. Ich schicke sie hinauf.«

Die Treppe war staubig und der Anstrich der Wände nicht gerade frisch. Ein junger Mann begegnete ihnen mit einem Stapel Papieren in den Händen. Auf dem Treppenabsatz stand die Heuschrecke neben einer halb geöffneten Tür. Sie führte sie in ein Büro, das zwar ziemlich groß war, aber jeden Luxus vermissen ließ.

Es sah aus, als wäre es vor fünfzig Jahren schon so eingerichtet gewesen wie jetzt. Es war ebenfalls düster, und auch hier roch es wie im Hof und im ganzen Haus nach Wein.

»Waren Sie bei ihr?«

»Bei wem?«

»Bei seiner Frau.«

»Ja. Kennen Sie sie gut?«

»Wenn er Grippe hatte, habe ich manchmal in der Wohnung an der Place des Vosges gearbeitet. Sie ist eine schöne Frau, nicht wahr? Und sehr intelligent. In manchen Dingen hat er sie gern um Rat gefragt.«

»Ich hätte nicht erwartet, dass die Einrichtung hier so altmodisch ist.«

»Es gibt noch weitere Büros, die sind ganz anders. In der Avenue de l'Opéra nämlich. Da zieht sich über die ganze Fassade ein Leuchtschild. Die Räume dort sind modern, elegant, hell und komfortabel. Dort hält man die Verbindung zu den fünfzehntausend Verkaufsstellen. Jeden Monat kommen neue hinzu. Sie haben dort Rechner, und fast alles geschieht elektronisch.«

»Und hier?«

»Dies ist das alte Haus. Es hat noch die Atmosphäre von früher, das beruhigt die Kunden aus der Provinz. Monsieur Chabut arbeitete am liebsten hier, aber er fuhr auch jeden Tag in die Avenue de l'Opéra.«

»Haben Sie ihn begleitet?«

»Manchmal. Nicht oft. Er hatte dort auch eine Sekretärin.«

»Wer hat die Firma außer ihm geleitet?«

»Wirklich geleitet hat sie außer ihm niemand. Er traute keinem. Hier kümmert sich Monsieur Leprêtre, der Chefkellermeister, um die Herstellung. Dann gibt es noch einen Buchhalter, Monsieur Riolle. Er ist erst seit einigen Monaten im Haus. Im Büro gegenüber arbeiten drei Schreibkräfte.«

»Sind das alle Angestellten?«

»Die Telefonistin haben Sie ja gesehen, und dann gibt es noch mich. Es ist schwer zu erklären. Wir sind hier eine Art Generalstab, während der Großteil der Arbeit in der Avenue de l'Opéra erledigt wird.«

»Wie lange hielt er sich dort täglich auf?«

»Eine Stunde, manchmal zwei.«

Der Schreibtisch hatte, wie in der guten alten Zeit, einen Rolldeckel und war bedeckt mit Papierkram.

»Sind die Schreibfräulein ebenso jung wie Sie?«

»Möchten Sie sie sprechen?«

»Später.«

»Eine ist viel älter, Mademoiselle Berthe. Sie ist zweiunddreißig und am längsten in der Firma. Die Jüngste ist einundzwanzig.«

»Wie kommt es, dass er Sie zu seiner Privatsekretärin gemacht hat?«

»Er suchte eine Anfängerin. Ich habe die Anzeige gelesen und mich vorgestellt. Das war vor mehr als einem Jahr. Ich war noch nicht einmal achtzehn. Er fand mich ulkig, hat mich gefragt, ob ich einen Freund oder einen Liebhaber hätte.«

»Hatten Sie einen?«

»Nein. Ich hatte gerade die Sekretärinnenschule beendet.«

»Wie lange hat es gedauert, bis er Ihnen den Hof machte?«

»Er hat mir nicht den Hof gemacht. Schon am nächsten Tag rief er mich zu sich, unter dem Vorwand, mir Dokumente zeigen zu wollen, und dann hat er mich gestreichelt.

›Ich muss wissen, was ich zu erwarten habe‹, hat er gemurmelt.«

»Und dann?«

»Acht Tage später hat er mich in die Rue Fortuny mitgenommen.«

»Waren die anderen nicht eifersüchtig?«

»Ach, wissen Sie, die kamen alle dran.«

»Hier?«

»Hier oder woanders. Es ist schwer zu erklären. Er tat das so selbstverständlich, dass man ihm nicht böse sein konnte. Ich kenne nur eine, sie hat nach mir angefangen, die hat schon am dritten Tag die Tür laut zugeknallt und ist gegangen.«

»Wer wusste, dass Mittwoch Ihr Tag war?«

»Alle, glaube ich. Ich ging zur selben Zeit wie er hinunter und stieg zu ihm in den Wagen. Er machte kein Geheimnis daraus. Im Gegenteil.«

»Wer hat vor Ihnen in diesem Büro gearbeitet?«

»Madame Chazeau. Sie sitzt jetzt auf der anderen Seite des Flurs. Sie ist sechsundzwanzig und geschieden.«

»Eine schöne Frau?«

»Ja. Sie hat eine sehr gute Figur. Sie würde man nicht Heuschrecke nennen.«

»Ist sie Ihnen nicht böse?«

»Zu Anfang hat sie mich seltsam angelächelt. Sie dachte wahrscheinlich, dass er schnell genug von mir hätte.«

»Hatte sie weiter ein Verhältnis mit ihm?«

»Ich nehme es an, denn sie blieb manchmal nach Büroschluss. Man wusste, was das bedeutete.«

»Hat sie sich nie verbittert gezeigt?«

»In meiner Gegenwart nicht. Wie ich Ihnen schon sagte, sie schien sich eher über mich lustig zu machen. Viele Leute nehmen mich nicht ernst. Selbst meine Mutter behandelt mich noch immer wie ein kleines Mädchen.«

»Könnte es nicht sein, dass sie Rachegelüste hatte?«

»Das ist nicht ihre Art. Sie trifft sich mit anderen Männern, geht mehrmals in der Woche aus und muss sich am nächsten Tag zur Arbeit zwingen.«

»Und die dritte?«

»Aline, sie ist die Jüngste, abgesehen von mir. Sie ist einundzwanzig, ein sehr dunkler Typ. Ein bisschen romantisch, ein bisschen theatralisch. Heute Morgen ist sie ohnmächtig geworden oder hat jedenfalls so getan. Und dann ist sie in Tränen ausgebrochen und hat laut geschluchzt.«

»War sie schon vor Ihnen hier?«

»Ja. Sie arbeitete in einem Warenhaus, als sie die Stellenanzeige las. Sie sind alle auf eine Anzeige hin engagiert worden.«

»Keine von ihnen hätte ihn aus Eifersucht erschossen?«

Madame Blanche hatte durch das kleine Fenster in der Tür eine Männergestalt zwischen zwei Autos gesehen. Aber konnte es nicht auch eine Frau gewesen sein, vielleicht eine Frau in Hosen? Es war immerhin schon dunkel.

»So etwas würden sie nie tun«, antwortete die Heuschrecke.

»Seine Frau auch nicht?«

»Sie ist nicht eifersüchtig. Ihr gefällt das Leben, das sie führt. Er war für sie ein angenehmer Gefährte.«

»Angenehm?«

Sie schien nachzudenken.

»Wenn man ihn kannte, ja. Wenn man ihm zum ersten Mal begegnete, wirkte er hochmütig und aggressiv. Er spielte den großen Chef. Es war für ihn selbstverständlich, dass er bei Frauen Erfolg hatte. Wenn man ihn näher kannte, merkte man, dass er naiver war, als er sich gab. Auch verletzlicher.

›Was denkst du von mir?‹, fragte er oft, besonders nachdem wir miteinander geschlafen hatten.

›Was soll ich denn denken?‹

›Liebst du mich? Gib es zu, du liebst mich nicht.‹

›Das hängt davon ab, was Sie darunter verstehen. Ich bin gern mit Ihnen zusammen, wenn Sie das wissen wollen.‹

›Und was würde geschehen, wenn ich dich satt bekäme?‹

›Ich weiß nicht. Ich müsste mich wohl damit abfinden.‹

›Und die anderen, was sagen die?‹

›Nichts. Sie kennen die anderen doch besser als ich.‹«

»Und die Männer?«, fragte Maigret.

»Die, die hier arbeiten? Da ist einmal Monsieur

Leprêtre, von dem ich Ihnen schon erzählt habe. Früher war er selbstständig, aber er hatte als Geschäftsmann keinen Erfolg. Jetzt ist er fast sechzig. Er sagt nicht viel. Er kennt sich in seinem Metier hervorragend aus und arbeitet still und ruhig.«

»Ist er verheiratet?«

»Ja. Zwei seiner Kinder auch schon. Er wohnt in einem Häuschen ganz am Ende des Quai de Charenton und kommt mit dem Fahrrad zur Arbeit.«

Der Nebel draußen färbte sich rosa, die Sonne dahinter war schon zu ahnen, und von der Seine stiegen Schwaden auf. Lapointe machte sich Notizen in ein Heft, das auf seinen Knien lag.

»Gab es den *Vin des Moines* schon, als Leprêtre noch schlechte Geschäfte machte?«

»Ich glaube, ja.«

»Wie verhielt er sich Chabut gegenüber?«

»Immer respektvoll, aber reserviert.«

»Kam es vor, dass sie sich stritten?«

»In meiner Gegenwart nie, und da ich ja fast immer da war …«

»Wenn ich Sie recht verstehe, ist er ein verschlossener Mensch.«

»Verschlossen und traurig. Ich glaube, ich habe ihn nie lachen sehen, und sein hängender Schnurrbart verstärkt den traurigen Eindruck noch.«

»Wer arbeitet sonst hier im Haus?«

»Der Buchhalter, Jacques Riolle. Er ist eigentlich

der Kassierer. Sein Büro ist unten. Er befasst sich nur mit den Rechnungen für das, was wir die kleine Kasse nennen. Es würde zu weit führen, Ihnen die Abläufe genau zu erklären. Die eigentliche Buchhaltung findet in der Avenue de l'Opéra statt. Hier geht es vor allem um den Einkauf. Und wir pflegen die Beziehung zu den Winzern, die regelmäßig aus dem Süden herkommen.«

»Ist Riolle in keine der Frauen hier verliebt?«

»Wenn, dann lässt er es sich nicht anmerken. Sie werden sich selbst davon überzeugen können. Er ist um die vierzig, ein eingefleischter Junggeselle. Er riecht muffig, ist schüchtern, ängstlich und hat lauter Ticks. Er lebt in einer Familienpension im Quartier Latin.«

»Sonst niemand?«

»In den Büros, nein. Unten in den Kellern und im Vertrieb sind noch fünf oder sechs. Ich kenne sie dem Namen nach und vom Sehen, aber ich habe eigentlich nichts mit ihnen zu tun. Sie finden uns bestimmt merkwürdig. Wenn Sie den Chef gekannt hätten, käme Ihnen das alles ganz normal vor.«

»Wird er Ihnen fehlen?«

»Ja. Das gebe ich offen zu.«

»Hat er Ihnen Geschenke gemacht?«

»Geld hat er mir nicht gegeben. Einmal hat er mir einen Schal geschenkt, den er im Vorbeigehen in einem Schaufenster gesehen hatte.«

»Wie geht es nun weiter?«

»Ich weiß nicht, wer die Leitung übernimmt. Es gibt da Monsieur Louceck in der Avenue de l'Opéra. Er ist so etwas wie der Finanzberater, befasst sich mit den Steuererklärungen und den Bilanzen. Aber von Wein versteht er nichts.«

»Und Monsieur Leprêtre?«

»Ich sagte ja, er ist kein guter Geschäftsmann.«

»Und Madame Chabut?«

»Ich nehme an, sie erbt alles. Ich weiß nicht, ob sie den Platz ihres Mannes einnimmt. Das Zeug dazu hat sie womöglich. Sie weiß, was sie will.«

Er betrachtete sie aufmerksam. Ihn überraschte der gesunde Menschenverstand dieses Mädchens, das von keiner Frage überrumpelt wirkte. Sie hatte etwas Direktes, was ihm sympathisch war. Und der Anblick ihres langen, mageren Körpers, wenn sie gestikulierte, ließ ihn schmunzeln.

»Ich war gestern Abend am Quai de la Tournelle.«

»Beim Alten? Verzeihung, ich meine natürlich, bei seinem Vater.«

»Wie verstanden sich die beiden?«

»Schlecht, soweit ich weiß.«

»Weswegen?«

»Das weiß ich nicht. Es muss eine alte Geschichte sein. Ich glaube, der Vater fand seinen Sohn zu hart, gefühllos. Er hat nie irgendetwas von ihm angenommen. Ich frage mich, ob er bloß aus Trotz sein Lokal nicht aufgegeben hat. Alt genug wäre er ja.«

»Sprach Chabut manchmal über ihn?«

»Selten.«

»Fällt Ihnen sonst noch etwas ein?«

»Nein.«

»Haben Sie noch andere Liebhaber?«

»Nein. Er genügte mir.«

»Werden Sie weiter hier arbeiten?«

»Wenn man mich behält.«

»Wo ist das Büro von Monsieur Leprêtre?«

»Im Erdgeschoss. Die Fenster zeigen auf den Hinterhof.«

»Ich gehe einen Augenblick zu Ihren Kolleginnen hinüber.«

Auch hier brannten die Lampen. Zwei Frauen tippten, während die dritte, offenbar die älteste, Post sortierte.

»Lassen Sie sich nicht stören. Ich bin der mit der Untersuchung betraute Kommissar und habe bestimmt noch Gelegenheit, mit jeder von Ihnen zu sprechen. Im Augenblick möchte ich nur wissen, ob eine von Ihnen einen Verdacht hat.«

Sie blickten sich an, und Mademoiselle Berthe, die um die dreißig und rundlich war, errötete leicht.

»Haben Sie eine Vermutung?«, fragte er sie.

»Nein. Ich weiß nichts. Ich war so erstaunt wie alle anderen.«

»Haben Sie aus der Zeitung davon erfahren?«

»Nein, als ich heute ins Büro kam.«

»Wissen Sie, ob er Feinde hatte?«

Sie wandten die Augen ab und blickten einander an.

»Sie brauchen sich nicht zu genieren. Ich habe schon einiges über seinen Lebenswandel gehört, und besonders über seine Beziehung zu Frauen. Es könnte sich um einen Ehemann, einen Liebhaber, sogar eine eifersüchtige Frau handeln.«

Keine von ihnen schien etwas sagen zu wollen.

»Denken Sie nach. Selbst das Geringfügigste kann von Bedeutung sein.«

Er ging mit Lapointe hinunter. Im Erdgeschoss betrat Maigret das Zimmer des Buchhalters, der genauso wirkte, wie die Heuschrecke ihn geschildert hatte.

»Sind Sie schon lange in der Firma?«

»Fünf Monate. Vorher war ich in einem Lederwarengeschäft an den Grands Boulevards tätig.«

»Wussten Sie von den Liebschaften Ihres Chefs?«

Er wurde rot, öffnete den Mund, blieb aber stumm.

»Gab es unter den Menschen, die er hier empfing, welche, die Grund hatten, ihn zu hassen?«

»Warum sollte man ihn hassen?«

»Er war doch ein sehr unnachgiebiger Geschäftsmann?«

»Er war nicht sentimental.«

Sogleich bereute er seine Antwort, fragte sich, wie er sich hatte dazu hinreißen lassen können, eine Meinung zu äußern.

»Kennen Sie Madame Chabut?«

»Sie hat mir manchmal die Rechnungen ihrer Lieferanten gebracht. Sonst schickte sie sie mit der Post. Sie ist ein sehr liebenswürdiger und bescheidener Mensch.«

»Ich danke Ihnen.«

Einer noch. Der traurige Monsieur Leprêtre mit dem hängenden Schnurrbart. Sie fanden ihn in seinem Büro, das noch altmodischer und provinzieller als die anderen war. Er saß an einem schwarz gestrichenen Tisch, auf dem ein paar Weinproben standen, und sah den beiden Männern misstrauisch entgegen.

»Sie wissen vermutlich, warum wir hier sind?«

Er nickte nur. Die eine Seite seines Schnurrbarts hing tiefer herab als die andere, und er rauchte eine Meerschaumpfeife, die einen starken Geruch verbreitete.

»Irgendjemand hatte einen ernsten Grund, Ihren Chef zu töten. Arbeiten Sie schon lange hier?«

»Dreizehn Jahre.«

»Verstanden Sie sich gut, Monsieur Chabut und Sie?«

»Ich hatte nie zu klagen.«

»Sie genossen sein Vertrauen, nicht wahr?«

»Er vertraute niemandem außer sich selbst.«

»Trotzdem waren Sie einer seiner nächsten Mitarbeiter.«

Leprêtres Gesicht zeigte keine Gefühlsregung. Er trug eine seltsame kleine Mütze, und Maigret nahm an, er wollte eine Glatze verbergen. Jedenfalls machte er keine Anstalten, sie abzunehmen.

»Haben Sie mir weiter nichts zu sagen?«

»Nein.«

»Hat er Ihnen nie anvertraut, dass er sich bedroht fühlte?«

»Nein.«

Es war unnütz, weiter in ihn zu dringen, und Maigret bedeutete Lapointe, ihm zu folgen.

»Danke.«

»Gern geschehen.«

Leprêtre stand auf, um hinter ihnen die Tür zu schließen.

Im Auto brach Maigrets Schnupfen, der sich angedeutet hatte, plötzlich aus. Minutenlang musste er sich schnäuzen, bis er ein rotes Gesicht hatte und seine Augen tränten.

»Entschuldige, mein Lieber«, murmelte er in Lapointes Richtung. »Ich habe das heute Morgen schon kommen sehen. Avenue de l'Opéra! Wir haben nicht nach der Nummer gefragt.«

Sie fanden das Haus ziemlich schnell, denn große Buchstaben, die abends leuchteten, verkündeten: *Vin des Moines*. Das imposante Gebäude beherbergte noch andere bedeutende Firmen, darunter eine ausländische Bank und eine Treuhandgesellschaft.

Im zweiten Stock betraten sie einen Vorraum mit Marmorfußboden, in dem moderne Chromtische und großenteils unbesetzte Metallstühle standen. An den Wänden hingen drei Plakate wie die in den Metrostationen. Sie zeigten einen Mönch mit heiterem Gesicht und genießerisch aufgeworfenen Lippen, der ein Glas Wein zum Mund führte.

Auf dem ersten Plakat war der Wein rot, auf dem zweiten weiß und auf dem dritten rosa.

Hinter einer Glaswand befand sich ein großes Büro, in dem etwa dreißig Männer und Frauen arbeiteten, und durch eine nächste Glaswand konnte man in weitere Büros blicken. Alles war hell und strahlend erleuchtet. Die Geräte modern, die Möbel der letzte Schrei.

Maigret ging zum Empfangsschalter. Er musste sein Taschentuch herausziehen, als er einer jungen Frau den Grund seines Besuchs erklären wollte. Sie wartete geduldig, bis er sich gründlich die Nase geputzt hatte.

»Entschuldigen Sie bitte. Ich möchte zu Monsieur Louceck.«

»Wen darf ich melden?«

Sie reichte ihm einen Block, auf dem *Name und Vorname* stand und in einer anderen Zeile: *Grund des Besuchs.*

Er begnügte sich mit *Kommissar Maigret.*

Sie verschwand durch eine Tür, die dem ersten Fenster gegenüberlag, und blieb ziemlich lange fort. Dann kam sie zurück und ließ die beiden in ein Wartezimmer eintreten, das behaglicher war als der Vorraum, aber ebenso modern.

»Monsieur Louceck wird Sie gleich empfangen. Er telefoniert gerade.«

Sie brauchten tatsächlich nicht lange zu warten. Eine andere junge Frau, die eine Brille trug, führte sie in ein großes, ebenfalls hochmodernes Büro.

Ein sehr kleiner Mann stand auf und streckte Maigret die Hand entgegen.

»Kommissar Maigret?«

»Richtig.«

»Stéphane Louceck. Bitte setzen Sie sich.«

Maigret stellte seinen Begleiter vor:

»Inspektor Lapointe.«

»Bitte, nehmen Sie Platz.«

Er war ziemlich hässlich, von einer wenig sympathischen Hässlichkeit, hatte eine lange grobe Nase, durchzogen von bläulichen Äderchen, und aus den Nasenlöchern und Ohren wuchsen ihm braune Haare. Seine fast zwei Zentimeter breiten Augenbrauen waren dicht und struppig. Sein Anzug konnte ein Bügeleisen gebrauchen, die Krawatte schien auf ein Drahtgestell montiert zu sein.

»Sie kommen wohl wegen des Mordes?«

»Natürlich.«

»Ich hatte schon eher jemanden von der Polizei erwartet. Ich lese nie die Morgenzeitungen, denn ich fange schon sehr früh an zu arbeiten. Ich habe davon erst durch einen Anruf von Madame Chabut erfahren.«

»Ich wusste nichts von den Büros hier, deshalb sind wir erst zum Quai de Charenton gefahren. Wenn ich richtig verstanden habe, arbeitete Oscar Chabut vor allem dort.«

»Er kam jeden Tag her. Er war ein Mann, der überall selbst nach dem Rechten sehen wollte.«

Sein Gesicht blieb ausdruckslos, auch seine Stimme war sachlich.

»Darf ich Sie fragen, ob er Ihres Wissens Feinde hatte?«

»Nicht, dass ich wüsste.«

»Er war ein bedeutender Mann, und je weiter er aufstieg, desto härter musste er manchen gegenüber auftreten.«

»Das ist mir nicht bekannt.«

»Ich habe auch erfahren, dass er Frauen sehr zugetan war.«

»Sein Privatleben ging mich nichts an.«

»Wo war sein Büro?«

»Hier. Er saß mir gegenüber.«

»Kam er mit seiner Privatsekretärin her?«

»Nein. Hier gibt es genügend Angestellte.«

Er gab sich weder die Mühe zu lächeln noch irgendein anderes Gefühl zu zeigen.

»Sind Sie schon lange in der Firma?«

»Ich habe schon für ihn gearbeitet, als es diese Büros noch nicht gab.«

»Welchen Beruf haben Sie vorher ausgeübt?«

»Finanzberater.«

»Sie befassten sich wohl mit seinen Steuererklärungen?«

»Unter anderem.«

»Werden Sie sein Nachfolger?«

Maigret musste sich erneut schnäuzen, Schweißperlen traten ihm auf die Stirn.

»Entschuldigen Sie …«

»Aber ich bitte Sie. Es fällt mir schwer, Ihre Frage zu beantworten. Die Firma ist keine Aktiengesellschaft, sondern gehört Monsieur Chabut. Wenn er es in seinem Testament nicht anders bestimmt hat, wird das Unternehmen in den Besitz seiner Frau übergehen.«

»Verstehen Sie sich gut mit ihr?«

»Ich kenne sie kaum.«

»Waren Sie die rechte Hand von Oscar Chabut?«

»Ich habe mich um den Verkauf und die Lagerhäuser gekümmert. Wir haben über fünfzehntausend Verkaufsstellen in Frankreich. Vierzig Angestellte arbeiten hier, und etwa zwanzig bereisen die Provinz. Paris und Umgebung werden von einer anderen Abteilung betreut. Deren Büros liegen einen Stock höher. Dort befasst man sich auch mit der Werbung und dem Verkauf ins Ausland.«

»Wie viele Frauen sind hier?«

»Verzeihung?«

»Ich fragte, wie viele Frauen oder Mädchen Sie beschäftigen.«

»Das weiß ich nicht.«

»Wer hat sie ausgesucht?«

»Ich.«

»Oscar Chabut wurde nicht gefragt?«

»Hier nicht, und schon gar nicht in dieser Hinsicht.«

»Machte er keiner den Hof?«

»Dergleichen habe ich nie bemerkt.«

»Wenn ich recht verstehe, sind Sie der Leiter aller Verkaufsabteilungen.«

Er nickte nur.

»Sie werden Ihre Stellung also wahrscheinlich behalten und außerdem die Leitung am Quai de Charenton übernehmen.«

Er zuckte nicht mit der Wimper, blieb kühl.

»Hätte einer Ihrer Mitarbeiter Grund gehabt, über seinen Arbeitgeber zu klagen?«

»Das weiß ich nicht.«

»Sie sind doch sicher daran interessiert, dass der Mörder verhaftet wird.«

»Natürlich.«

»Bisher haben Sie mir kaum geholfen.«

»Das bedaure ich.«

»Was halten Sie von Madame Chabut?«

»Sie ist eine sehr intelligente Frau.«

»Verstehen Sie sich gut mit ihr?«

»Das haben Sie mich schon gefragt. Ich habe Ihnen geantwortet, dass ich sie kaum kenne. Sie kam praktisch nie hierher, und ich verkehrte nicht an der Place des Vosges. Ich bin kein Gesellschaftsmensch.«

»Hatte Chabut regen gesellschaftlichen Verkehr?«

»Das kann seine Frau Ihnen besser beantworten.«

»Wissen Sie, ob ein Testament existiert?«

»Nein, das weiß ich nicht.«

Maigret war etwas schwindelig. Er spürte deutlich, dass dieses Gespräch zu nichts führen würde. Louceck war entschlossen zu schweigen und würde es bis zum Schluss tun.

Der Kommissar stand auf.

»Ich möchte, dass Sie mir eine Liste mit Namen, Adresse und Alter aller Angestellten an den Quai des Orfèvres schicken.«

Louceck blieb ungerührt und nickte wieder nur. Er hatte auf einen Knopf gedrückt, und eine junge

Frau öffnete die Tür, bereit, die Besucher hinauszubegleiten.

Ehe Maigret wieder in den Wagen stieg, ging er in eine Bar und trank ein Glas Rum. Er hoffte, das würde ihm guttun. Lapointe begnügte sich mit einem Saft.

»Was machen wir jetzt?«

»Es ist fast Mittag, zu spät für einen Besuch an der Place des Vosges. Fahren wir zum Quai zurück. Wir essen dann einen Happen in der Brasserie Dauphine.«

Er ging in die Telefonkabine und verlangte seine Nummer am Boulevard Richard-Lenoir.

»Bist du's? Was gibt es zum Mittagessen? ... Nein, ich komme nicht nach Hause, aber heb es mir für heute Abend auf. Ich weiß, meine Stimme klingt ein bisschen heiser. Seit einer Stunde muss ich mich unablässig schnäuzen. Bis heute Abend.«

Er war ziemlich schlechter Laune.

»Alle hatten irgendeinen Grund, seinen Tod zu wünschen. Aber nur ein Mensch hat seinem Bedürfnis nachgegeben und auf ihn geschossen. Die anderen sind unschuldig. Doch so unschuldig sie sein mögen, versuchen sie doch, uns Steine in den Weg zu legen, statt uns zu helfen. Bis auf diese komische Heuschrecke vielleicht, die nicht jedes ihrer Worte abwägt und alle Fragen ehrlich zu beantworten scheint. Was hältst du von ihr?«

»Sie ist komisch, wie Sie sagen. Aber sie nimmt das Leben, wie es kommt, und lässt sich nichts vormachen.«

Der Bericht des Gerichtsmediziners lag auf Maigrets Schreibtisch. Es waren vier Seiten voller technischer Ausdrücke. Auf zwei beigefügten Skizzen sah man, wo die Kugeln eingedrungen waren. Zwei in den Bauch, eine in die Brust und die vierte etwas unterhalb der Schulter.

»Hat niemand angerufen?«

Er wandte sich Lucas zu.

»Hast du den Bericht an das Büro des Staatsanwalts geschickt?«

Er meinte die Vernehmung Stiernets.

»Gleich heute früh. Ich habe Stiernet sogar im Untersuchungsgefängnis aufgesucht.«

»Wie wirkt er auf dich?«

»Friedlich, geradezu heiter. Es stört ihn nicht, dass er eingesperrt ist, und Sorgen macht er sich auch keine.«

Kurz darauf betraten Maigret und Lapointe die Brasserie Dauphine. Es saßen dort zwei Anwälte in Roben sowie drei oder vier Inspektoren, die nicht zu Maigrets Abteilung gehörten, ihn aber grüßten.

Sie gingen in den Speiseraum.

»Was gibt's heute?«

»Sie werden zufrieden sein: Kalbsragout.«

»Was halten Sie vom *Vin des Moines*?«

Der Wirt zuckte mit den Schultern.

»Der ist nicht schlechter als der Wein, den man früher in Literflaschen verkaufte. Eine Mischung von verschiedenen südfranzösischen und algerischen Weinen. Die Leute nehmen heute lieber eine Flasche mit Etikett und einem klangvollen Namen.«

»Führen Sie ihn?«

»Natürlich nicht. Soll ich Ihnen einen Bourgueil bringen? Der passt besonders gut zum Ragout.«

Gleich darauf zog Maigret sein Taschentuch heraus.

»Es ist doch nicht zu fassen, kaum betrete ich einen geheizten Raum, geht das von vorne los.«

»Warum legen Sie sich nicht ins Bett?«

»Glaubst du, da wäre mir wohler? Ich denke immerzu an diesen Chabut. Man muss sagen, er hat alles getan, um uns das Leben schwer zu machen.«

»Was halten Sie von seiner Frau?«

»Ich bin mir noch nicht ganz im Klaren darüber. Gestern Abend fand ich sie sehr reizvoll und sehr beherrscht, trotz des traurigen Ereignisses. Vielleicht ein wenig zu beherrscht. Mir scheint, sie spielte ihrem Mann gegenüber die Beschützerin. Die nachsichtige Gattin. Wir gehen nachher zu ihr. Vielleicht ändert sich dann meine Meinung. Menschen, die allzu vollkommen sind, machen mich immer etwas misstrauisch.«

Das Ragout war köstlich, die Soße goldgelb und gut gewürzt. Sie aßen danach jeder eine Birne, tranken einen Kaffee, und kurz nach zwei betraten sie das Haus an der Place des Vosges.

Dieselbe junge Frau wie abends zuvor öffnete ihnen und bat sie, in der Diele Platz zu nehmen, während sie der Dame des Hauses Bescheid sagte.

Gleich darauf kam sie zurück, führte sie aber nicht in den Salon, sondern in ein Boudoir. Bald erschien Jeanne Chabut.

Sie trug ein sehr schlichtes, aber wunderbar geschnittenes schwarzes Kleid ohne jeden Schmuck.

»Nehmen Sie Platz, Messieurs. Ich war heute Vormittag in diesem Institut und habe mittags keinen Bissen herunterbekommen.«

»Der Leichnam wird doch wohl hergebracht?«

»Heute Nachmittag um fünf. Vorher erwarte ich den Angestellten des Bestattungsinstituts. Wir müssen besprechen, wo er aufgebahrt wird. Am besten wahrscheinlich hier im Boudoir. Der Salon ist zu groß.«

Das Boudoir mit seinem hohen, fast bis zum Fußboden reichenden Fenster war hell und heiter wie die anderen Räume, hatte aber eine etwas weiblichere Note.

»Haben Sie die Möbel und Vorhänge ausgesucht?«

»Ja, Einrichtungen haben mich immer interessiert.

Ich wäre am liebsten Innenarchitektin geworden. Mein Vater ist Buchhändler in der Rue Jacob. Das ist nicht weit von der Akademie der Schönen Künste und dem Viertel der Antiquare.«

»Wie kommt es, dass Sie Schreibkraft geworden sind?«

»Ich wollte unabhängig sein. Ich dachte, ich könnte Abendkurse besuchen. Aber ich merkte, dass das unmöglich war. Und dann lernte ich Oscar kennen.«

»Sind Sie seine Geliebte geworden?«

»Gleich am ersten Abend. Das verwundert Sie gewiss nicht.«

»Hat er Ihnen einen Heiratsantrag gemacht?«

»Können Sie sich vorstellen, dass ich ihn darum gebeten hätte? Er hatte es wohl satt, allein in einem kleinen Hotel zu leben, wo er sich seine Mahlzeiten auf einem Spirituskocher bereitete. Er verdiente damals sehr wenig.«

»Haben Sie weiter gearbeitet?«

»Nur die ersten beiden Monate. Dann wollte er das nicht mehr. Es mag seltsam klingen, aber er war sehr eifersüchtig.«

»War er treu?«

»Ich glaubte es.«

Maigret beobachtete sie und empfand ein gewisses Unbehagen. Dunkel spürte er, dass etwas nicht stimmte. Ihr Gesicht war schön, aber so unbeweglich, als hätte sie eine Schönheitsoperation hinter sich.

Sie blinzelte kaum mit ihren großen hellblauen Augen. Sie riss sie weit auf, als wollte sie noch unschuldiger aussehen.

Er putzte sich die Nase, sie schwieg währenddessen.

»Verzeihen Sie.«

»Ich habe an die Liste gedacht, um die Sie mich gebeten haben, und mich bemüht, sie zusammenzustellen.«

Von einem Louis-xv-Schreibtisch holte sie ein Blatt Briefpapier. Ihre Handschrift war kräftig und schnörkellos.

»Ich habe nur die Namen der Männer notiert, deren Frauen wahrscheinlich ein Verhältnis mit meinem Mann hatten.«

»Ganz sicher sind Sie sich nicht?«

»Bei den meisten nicht, nein. Aber wie er über sie sprach und sich benahm, wenn wir eine Gesellschaft gaben, sagte mir genug.«

Er las die Namen halblaut.

»Henry Legendre.«

»Ein Industrieller. Er pendelt zwischen Paris und Rouen. Marie-France ist seine zweite Frau und fünfzehn Jahre jünger als er.«

»Ist er eifersüchtig?«

»Ich glaube, ja. Aber sie ist viel gewitzter als er …

Sie haben ein Haus in Maisons-Laffitte und empfangen dort am Wochenende Gäste.«

»Waren Sie dort?«

»Nur ein einziges Mal, denn wir hatten sonntags
ebenfalls Gäste in unserer Villa in Sully-sur-Loire.
Im Sommer waren wir in Cannes, wo uns die beiden oberen Etagen eines Neubaus in der Nähe vom
Palm-Beach gehören. Außerdem das Dach, auf
dem wir eine Art Garten angelegt haben.«

»Pierre Merlot«, las er.

»Börsenmakler. Lucile, seine Frau, ist eine kleine
Blonde mit spitzer Nase. Sie ist zwar über vierzig,
benimmt sich aber wie ein kleines Mädchen. Das
hat Oscar bestimmt amüsiert.«

»Wusste Merlot Bescheid?«

»Sicher nicht. Er ist ein leidenschaftlicher Bridge-
spieler. Wenn wir eine Gesellschaft hatten, gab es
immer einige, die sich zum Spielen in dieses Zimmer zurückzogen.«

»Ihr Mann spielte nicht?«

»Nicht solche Spiele.«

Sie lächelte vage.

»Jean-Luc Caucasson.«

»Kunstverleger. Er hat ein junges, ziemlich or-
dinäres Modell geheiratet. Die Kleine ist aber sehr
komisch.«

»Maître Poupard. Der Schwurgerichtsanwalt?«

Man las seinen Namen oft in der Zeitung. Seine

Frau, eine Amerikanerin, besaß ein großes Vermögen.

»Er hat nichts geahnt?«

»Er plädiert ziemlich häufig in der Provinz. Sie haben eine prächtige Wohnung auf der Île Saint-Louis.«

»Xavier Thorel. Etwa der Minister?«

»Genau. Xavier ist ein lieber Freund.«

»Sie sagen das, als wäre er vor allem Ihr Freund.«

»Ich mag ihn sehr. Rita, seine Frau, wirft sich allen Männern an den Hals.«

»Weiß er das?«

»Er findet sich damit ab. Genauer gesagt, er vergilt es mit Gleichem.«

Weitere Namen, weitere Vornamen, ein Architekt, ein Arzt, Gérard Aubin von der Bank Aubin et Boitel, ein bekannter Modemacher aus der Rue François-Ier.

»Die Liste könnte noch länger sein, denn wir haben reichlich Bekannte. Aber ich habe nur diejenigen ausgesucht, bei denen ich fast sicher bin, dass Oscar mit den Frauen ein Verhältnis hatte.«

Plötzlich fragte sie:

»Waren Sie bei seinem Vater?«

»Ja.«

»Was hat er Ihnen gesagt?«

»Mir schien, das Verhältnis zu seinem Sohn war ziemlich frostig.«

»Ja, aber erst als Oscar begann, viel Geld zu verdienen. Er wollte, dass sein Vater das Bistro aufgab, und bot an, ihm ein schönes Haus in Sancerre zu kaufen, in der Nähe des Bauernhofs, auf dem der Alte geboren ist. Sie haben sich missverstanden. Désiré dachte, man wollte ihn loswerden.«

»Und Ihr Vater?«

»Er hat immer noch seine Buchhandlung. Meine Mutter haust im Zwischenstock, von wo sie sich kaum noch wegrühren kann, denn das Gehen fällt ihr schwer, und ihr Herz ist schwach.«

Das Mädchen klopfte an und trat ein.

»Der Herr vom Bestattungsinstitut.«

»Sagen Sie ihm, ich bin gleich da.«

Und zu den beiden Männern gewandt sagte sie:

»Bitte entschuldigen Sie mich. Ich werde in den nächsten Tagen sehr beschäftigt sein. Aber wenn Sie etwas Neues herausbekommen oder eine Auskunft brauchen, dann wenden Sie sich getrost an mich.«

Sie verzog den Mund zu einem vagen Lächeln und begleitete sie mit geschmeidigen Schritten zur Tür.

In der Diele begegneten sie dem Angestellten des Bestattungsinstituts. Er erkannte Maigret und grüßte respektvoll.

Der Nebel, der sich gegen Mittag fast aufgelöst

hatte, verdichtete sich wieder und verwischte die Bilder.

Maigret musste sich wieder einmal schnäuzen und brummte irgendetwas Unverständliches.

3

Maigret hatte sich in einem gewissen großbürgerlichen Milieu noch nie wohlgefühlt. Er kam sich dort unbeholfen vor und fehl am Platz. Die Leute auf der Liste, die Jeanne Chabut ihm gegeben hatte, gehörten zum Beispiel alle mehr oder weniger demselben Kreis an, der seine eigenen Regeln, Bräuche, Tabus und seine eigene Sprache hatte. Man traf sich im Theater, im Restaurant, in Nachtclubs, sonntags dann in einem der Landhäuser, die sich alle ähnelten, und im Sommer in Cannes oder Saint-Tropez.

Oscar Chabut mit seinem proletarischen Äußeren hatte sich bis in diese kleine Welt emporgeboxt. Um sich zu beweisen, dass er dazugehörte, schlief er mit den meisten der Frauen.

»Wohin fahren wir, Chef?«

»In die Rue Fortuny.«

Maigret hatte sich in seinem Sitz zurückgelehnt und betrachtete freudlos die Straßen und Boulevards, die an ihm vorüberglitten. Die Laternen brannten, die meisten Fenster waren erleuchtet. Lichterketten über den Straßen, goldene oder silberne Tannen vor den Warenhäusern, Weihnachtsbäume in den Schaufenstern.

Kälte und Nebel hinderten die Menschen nicht daran, durch die Straßen zu gehen, von einem Schaufenster zum nächsten, und in den Geschäften Schlange zu stehen. Er überlegte, was er Madame Maigret schenken könnte, aber ihm fiel nichts ein. Immer wieder musste er sich die Nase putzen. Er sehnte sich nach seinem Bett.

»Ich gebe dir nachher die Liste, und du versuchst herauszubekommen, wo jeder Einzelne am Mittwoch gegen neun Uhr gewesen ist.«

»Soll ich sie verhören?«

»Nur wenn die Informationen nicht anders zu beschaffen sind. Du kannst zum Beispiel sicher einiges von den Chauffeuren oder Dienstboten erfahren.«

Der arme Lapointe war von der Aufgabe, mit der er betraut wurde, alles andere als begeistert.

»Glauben Sie, dass es einer von ihnen ist?«

»Es könnte irgendwer sein. Dieser Oscar Chabut war bestimmt für alle unerträglich, für die Männer jedenfalls. Warte im Wagen auf mich. Es dauert nur ein paar Minuten.«

Er klingelte an der Villa, und ohne dass Schritte zu hören gewesen waren, öffnete sich gleich das kleine Fenster in der Tür. Nur widerwillig ließ Madame Blanche ihn herein.

»Was wollen Sie schon wieder von mir? Ich erwarte zu dieser Zeit Gäste. Es wäre wirklich besser, wenn sich die Polizei nicht im Haus zeigt.«

»Könnten Sie sich bitte einmal diese Liste ansehen?«

Sie standen in dem großen Salon, in dem nur zwei Lampen brannten. Madame Blanche nahm ihre Brille vom Flügel und überflog die Namensliste.

»Was erwarten Sie von mir?«

»Sie sollen mir sagen, ob darunter Kunden von Ihnen sind.«

»Ich habe Ihnen ja bereits gesagt, dass mir meistens nur die Vornamen bekannt sind. Nachnamen werden hier niemals genannt.«

»Wie ich Sie kenne, wissen Sie dennoch alles über sie.«

»Wir haben eine Vertrauensstellung, wie ein Arzt oder ein Anwalt, und ich wüsste nicht, warum nicht auch wir Anspruch auf das Berufsgeheimnis haben sollten.«

Er hörte ihr geduldig zu und sagte dann, ohne die Stimme zu heben:

»Antworten Sie.«

Sie wusste, dass nicht sie das letzte Wort haben würde.

»Es sind zwei oder drei darunter.«

»Wer?«

»Monsieur Aubin, Gérard Aubin, der Bankier.

Er gehört zur protestantischen Hochfinanz und ist äußerst vorsichtig.«

»Kommt er oft?«

»Zwei- bis dreimal im Monat.«

»Bringt er jemanden mit?«

»Die Dame kommt immer als Erste.«

»Immer dieselbe?«

»Ja.«

»Ist er Chabut nie im Flur oder auf der Treppe begegnet?«

»Ich achte darauf, dass dergleichen nicht passiert.«

»Er kann ihn auf der Straße gesehen oder seinen Wagen erkannt haben. War seine Frau auch schon hier?«

»Ja, gemeinsam mit Monsieur Oscar.«

»Wen kennen Sie noch?«

»Marie-France Legendre, die Frau des Industriellen.«

»War die oft hier?«

»Vier- oder fünfmal.«

»Jedes Mal mit Chabut?«

»Ja. Ihren Mann kenne ich nicht. Es kann sein, dass er hier im Haus unter einem anderen Namen verkehrt, wie das manche Gäste tun. Der Minister zum Beispiel, Xavier Thorel. Er ruft mich vorher an, damit ich ihm eine junge Frau besorge; am liebsten ist ihm ein Mannequin oder ein Modell.

Er lässt sich Monsieur Louis nennen, aber da sein Foto oft in der Zeitung ist, erkennen ihn alle.«

»Gibt es welche, die am liebsten mittwochs kommen?«

»Nein. Sie haben keinen bestimmten Tag.«

»War Madame Thorel auch eine der Geliebten von Oscar Chabut?«

»Rita? Sie ist mit ihm, aber auch mit anderen gekommen. Eine kleine kesse Brünette. Sie kann auf Männer nicht verzichten. Ich bin nicht sicher, dass Leidenschaft der Grund ist. Sie möchte vor allem, dass man sich um sie kümmert.«

»Ich danke Ihnen.«

»Lassen Sie mich nun in Frieden?«

»Das weiß ich noch nicht.«

»Wenn Sie wiederkommen müssen, seien Sie so freundlich und rufen Sie vorher an, damit es hier nicht zu Begegnungen kommt. Das wäre sehr unangenehm für mich. Ich bin Ihnen dankbar, dass Sie den Zeitungen nichts gesagt haben.«

Maigret stieg wieder in seinen Wagen. Er war kaum weitergekommen, aber da er keinen Anhaltspunkt hatte, musste er in alle Richtungen ermitteln.

»Und jetzt, Chef?«

»Zu mir nach Hause.«

Seine Stirn war heiß, seine Augen brannten, und er spürte einen Schmerz in der linken Schulter.

»Viel Glück, mein Lieber. Hast du die Liste? Fahr

am Quai vorbei, um sie fotokopieren zu lassen, damit wir Jeanne Chabut nicht um ein Doppel bitten müssen.«

Madame Maigret wunderte sich, ihn schon zu sehen.

»Du scheinst ja schlimm erkältet zu sein. Bist du deshalb so früh zurück?«

Sein Gesicht war schweißbedeckt.

»Vielleicht habe ich die Grippe. Das wäre sehr unpassend.«

»Das ist eine merkwürdige Geschichte, nicht wahr?«

Meistens erfuhr sie durch die Zeitungen oder das Radio, mit welcher Sache sich Maigret gerade befasste – so auch dieses Mal.

»Einen Augenblick. Ich muss telefonieren.«

Er rief in der Rue Fortuny an. Madame Blanche meldete sich mit süßlicher Stimme.

»Maigret hier. Ich habe vorhin vergessen, Ihnen eine Frage zu stellen. Hat Chabut Sie angerufen, ehe er zu Ihnen kam?«

»Mal ja, mal nein.«

»Hat er am Mittwoch angerufen?«

»Nein. Es war auch nicht nötig, denn er kam fast jeden Mittwoch.«

»Wer wusste das?«

»Niemand hier.«

»Außer Ihrem Zimmermädchen.«

»Sie ist eine junge Spanierin, die kaum Französisch versteht und keinen Namen behalten kann.«

»Aber jemand wusste Bescheid, jemand wusste, wann Chabut Ihr Haus verließ, und der Betreffende hat trotz der Kälte draußen gewartet.«

»Entschuldigen Sie, ich muss auflegen, es klingelt an der Tür.«

Er zog sich aus, zog Pyjama und Morgenrock an und setzte sich im Wohnzimmer in seinen Ledersessel.

»Dein Hemd ist durchnässt. Du solltest Fieber messen.«

Sie holte das Thermometer aus dem Badezimmer, und er behielt es fünf Minuten im Mund.

»Wie viel?«

»38,4.«

»Geh besser gleich zu Bett. Soll ich Pardon anrufen?«

»Wenn ihn alle seine Patienten wegen einer kleinen Erkältung bemühen würden ...«

Er hasste es, die Ärzte zu bemühen; und erst recht seinen alten Freund Pardon, der kaum je eine Mahlzeit ungestört beenden konnte.

»Ich mache dir dein Bett.«

»Einen Moment. Hast du das Sauerkraut für mich aufgehoben?«

»Du willst das doch nicht etwa essen?«

»Warum nicht?«

»Es ist schwer. Und dir geht es nicht gut.«

»Mach es mir trotzdem warm. Und vergiss das Rippchen nicht!«

Er kam immer wieder auf denselben Punkt zurück. Jemand hatte gewusst, dass Chabut am Mittwoch in der Rue Fortuny sein würde. Es war unwahrscheinlich, dass derjenige Chabut nachgefahren war. Erstens war es in Paris schwierig, jemandem zu folgen, schon gar in einem Auto. Und zweitens war der Weinhändler schon gegen sieben Uhr in Begleitung der Heuschrecke gekommen.

Sollte man glauben, dass der Mörder fast zwei Stunden im kalten Wind gewartet hatte, ohne dass er jemandem aufgefallen wäre? Er war übrigens bestimmt nicht mit dem Wagen gekommen, denn nach vollbrachter Tat war er zur Metrostation Malesherbes gelaufen. All das ging Maigret bunt durcheinander im Kopf herum, und es kostete ihn große Anstrengung nachzudenken.

»Was möchtest du trinken?«

»Bier natürlich. Was sollte ich sonst zu Sauerkraut trinken.«

Er hatte geglaubt, dass er mehr Appetit hätte, aber schon bald schob er den Teller weg. Es war so gar nicht seine Art, sich bereits um halb sieben ins Bett zu legen, aber er tat es trotzdem. Madame Maigret brachte ihm zwei Aspirin.

»Was könntest du sonst noch nehmen? Ich meine,

das letzte Mal, vor drei Jahren, hätte Pardon dir ein Medikament verschrieben, das dir sehr gutgetan hat.«

»Ich kann mich nicht erinnern.«

»Soll ich ihn nicht doch anrufen?«

»Nein. Zieh die Vorhänge zu, und mach das Licht aus.«

Schon nach zehn Minuten schwitzte er stark, und seine Gedanken begannen zu verschwimmen. Wenig später schlief er.

Die Nacht kam ihm sehr lang vor. Mehrmals wachte er auf, mit verstopfter Nase, und bekam kaum Luft. Er dämmerte vor sich hin, und immer wieder hörte er die Stimme seiner Frau oder meinte sie zu hören.

Plötzlich stand sie vor dem Bett, einen sauberen Pyjama in den Händen.

»Du musst dich umziehen. Du bist ganz nassgeschwitzt. Vielleicht sollte ich auch die Bettwäsche wechseln.«

Er ließ alles mit sich geschehen, blickte gedankenlos ins Leere. Dann plötzlich befand er sich in einer Kirche, die dem Salon von Madame Blanche ähnelte, nur viel größer war. Den Mittelgang entlang schritten Paare hintereinander wie bei einer Hochzeit. Jemand spielte auf einem Klavier, aber zu hören war Orgelmusik.

Er hatte eine Mission zu erfüllen, er wusste nicht,

welche, und Oscar Chabut blickte ihn spöttisch an. Er grüßte die vorüberschreitenden Frauen, nannte sie bei ihrem Vornamen.

Wieder wurde er halb wach. Er war erleichtert, als es draußen zu dämmern begann und aus der Küche Kaffeeduft hereinzog.

»Bist du wach?«

Er schwitzte nicht mehr. Er war müde, fühlte sich aber nicht schlecht.

»Bringst du mir einen Kaffee?«

Schon sehr lange, schien es ihm, hatte er keinen so guten Kaffee getrunken. Er schlürfte ihn in kleinen Schlucken.

»Gib mir bitte meine Pfeife und meinen Tabak. Wie ist das Wetter?«

»Es ist noch etwas neblig, aber viel weniger als gestern. Die Sonne wird bald herauskommen.«

Als Kind hatte er sich, zwar nicht oft, aber doch manchmal, krank gefühlt, weil er seine Hausaufgaben nicht gemacht hatte. War es jetzt nicht fast das Gleiche? Nein, er hatte ja Fieber gehabt.

Ehe Madame Maigret ihm seine Pfeife gab, reichte sie ihm das Thermometer. Er schob es gehorsam unter die Zunge.

»36,5. Also kein Fieber.«

»Weil du so stark geschwitzt hast.«

Er rauchte und trank eine zweite Tasse Kaffee.

»Du nimmst dir doch hoffentlich einen Tag frei.«

Er antwortete nicht sofort. Er zögerte. Er fühlte sich wohl in seinem Bett, besonders jetzt, da er keine Kopfschmerzen mehr hatte. Lapointe überprüfte die Alibis der Männer auf der Liste.

Es war entmutigend. Die Untersuchung kam nicht vom Fleck. Er ärgerte sich umso mehr, als er das Gefühl hatte, es sei sein Fehler, die Wahrheit liege ganz nah, er müsse nur darauf kommen.

»Steht etwas Neues in den Zeitungen?«

»Sie behaupten, du hättest eine Spur.«

»Genau das Gegenteil von dem, was ich ihnen gesagt habe.«

Um neun Uhr hatte er drei große Tassen Kaffee getrunken, und das Zimmer war blau vom Pfeifenrauch.

»Was machst du?«

»Ich stehe auf.«

»Gehst du aus dem Haus?«

»Ja.«

Sie sagte nichts. Es würde nichts nützen, das wusste sie.

»Soll ich am Quai anrufen und bitten, dass dich einer der Inspektoren im Auto abholt?«

»Das ist eine gute Idee. Lapointe ist bestimmt nicht da. Vielleicht hat Janvier Zeit? Nein. Er ist ja an einem Fall dran. Aber Lucas ist sicher verfügbar.«

Als er aufgestanden war, fühlte er sich nicht mehr

so wohl, ihm war ein bisschen schwindelig. Beim Rasieren zitterte seine Hand, und er schnitt sich.

»Du kommst doch hoffentlich zum Mittagessen? Was nützt es dir, wenn du ernstlich krank wirst?«

Sie hatte recht, aber es war stärker als er. Sie legte ihm seinen dicken Schal um den Hals, und er ging die Treppe hinunter, während sie ihm nachblickte.

»Guten Morgen, Lucas. Hat der Chef schon nach mir verlangt?«

»Ich habe ihm gesagt, dass es Ihnen gestern Abend nicht gut ging.«

»Nichts Neues?«

»Lapointe war den ganzen Abend auf der Jagd, und auch jetzt ist er mit seiner Liste unterwegs. Wohin soll ich Sie fahren?«

»Zum Quai de Charenton.«

Das Gebäude war ihm schon vertraut, und er ging gleich hoch in den ersten Stock. Lucas, für den das alles neu war, folgte ihm. Maigret klopfte an die Tür, öffnete sie und sah die Heuschrecke in ihrer Ecke an der Schreibmaschine sitzen.

»Ich bin's schon wieder. Dies ist Inspektor Lucas, mein ältester Mitarbeiter.«

»Sie sehen müde aus.«

»Bin ich auch. Ich muss Ihnen einige wichtige Fragen stellen. Vor allem eine.«

Er setzte sich auf Chabuts Platz hinter dem Schreibtisch.

»Wer wusste, dass Ihr Chef und Sie mittwochs in die Rue Fortuny gingen?«

»Hier?«

»Hier oder woanders.«

»Hier wusste es jeder. Oscar war alles andere als diskret. Wenn er eine neue Geliebte hatte, wollte er das am liebsten der ganzen Welt erzählen.«

»Sie haben das Büro zusammen verlassen?«

»Ja. Und wir sind zusammen in seinen Wagen gestiegen, der ziemlich auffallend ist.«

»Wiederholte sich das jeden Mittwoch?«

»Nahezu, ja.«

»Wusste Monsieur Louceck Bescheid?«

»Das kann ich nicht sagen. Er kam selten her. Der Chef war täglich ein, zwei Stunden in der Avenue de l'Opéra.«

»Können Sie mir seinen Tagesablauf schildern?«

»Nur ungefähr, nicht jeder Tag war gleich. Meistens fuhr er um neun zu Hause los, in seinem Jaguar. Seine Frau konnte dann über den Mercedes und den Chauffeur verfügen. Erst war er am Quai de Bercy und warf einen Blick in die Lagerhäuser. Dort wird der Wein gemischt und abgefüllt.«

»Wer beaufsichtigt die Arbeit dort?«

»Im Prinzip Monsieur Leprêtre. Er läuft hin und her zwischen dem Büro und den Lagerhäusern. Es gibt da auch einen Assistenten. Ich glaube, er stammt aus Sète.«

»Kommt dieser Assistent auch hierher?«

»Selten.«

»Weiß er von Ihrem Verhältnis zum Chef?«

»Vielleicht wurde es ihm erzählt.«

»Hat er Ihnen nie den Hof gemacht?«

»Ich glaube, ich bin ihm nie aufgefallen.«

»Gut. Und weiter?«

»Um zehn Uhr kam Monsieur Chabut hierher und öffnete seine Post. Wenn er Termine hatte, habe ich ihn daran erinnert. Er empfing oft Lieferanten aus dem Süden.«

»Wie verhielt er sich Ihnen gegenüber?«

»Das kam darauf an. An manchen Vormittagen nahm er kaum Notiz von mir, an anderen Tagen dagegen sagte er zu mir: ›Komm her.‹

Dann hob er meinen Rock. Es war ihm egal, ob die Tür abgeschlossen war oder nicht, und wir trieben es auf dem Schreibtisch.«

»Sind Sie nie dabei überrascht worden?«

»Zwei- oder dreimal von einer der Schreibkräfte und einmal von Monsieur Leprêtre. Die Mädchen waren nicht erstaunt, ihnen erging es ja nicht anders.«

»Wie lange blieb Chabut?«

»Wenn er zum Mittagessen nach Hause ging, bis zwölf. Wenn er in der Stadt aß, was ziemlich häufig vorkam, bis halb eins.«

»Wo essen Sie?«

»Zweihundert Meter von hier am Quai in einem kleinen Restaurant. Die Küche ist nicht schlecht.«

»Und nachmittags?«

Der brave Lucas hörte sich das alles verwundert an und betrachtete die Heuschrecke von Kopf bis Fuß, ohne recht zu verstehen.

»Er fuhr fast jeden Tag in die Avenue de l'Opéra und blieb bis etwa vier Uhr. Er teilte sich ein Büro mit Monsieur Louceck.«

»Hatte er dort ebenfalls Liebschaften?«

»Das glaube ich nicht. Es ist da alles ganz anders, auch die Atmosphäre. Außerdem wäre es ihm wahrscheinlich vor Monsieur Louceck peinlich gewesen. Der war der Einzige, vor dem er ein bisschen Angst zu haben schien. *Angst* ist vielleicht übertrieben. Aber ihn behandelte er anders als alle anderen. Und er hat ihn, glaube ich, nie angeschnauzt.«

»Und um vier war er wieder hier?«

»Zwischen vier und halb fünf. Dann verbrachte er einige Zeit mit Monsieur Leprêtre, mal mehr, mal weniger. Manchmal war er dabei, wenn ein Kahn entladen wurde. Dann kam er hoch, klingelte nach einem Schreibfräulein und diktierte ihr Briefe.«

»Ihnen hat er nicht diktiert?«

»Selten. Wenn, dann nur persönliche Briefe. Er brauchte jemanden in seinem Büro, vor dem er laut denken konnte, und das war meine Rolle. Ich musste im Grunde gar nichts tun.«

»Wann ging er?«

»Im Allgemeinen so um sechs. Es sei denn, er hatte Lust, noch ein wenig mit mir oder einem der anderen Mädchen zusammen zu sein.«

»Verbrachte er nie den Abend mit Ihnen?«

»Nur am Mittwoch, etwa bis neun Uhr.«

»Verließen Sie das Haus von Madame Blanche immer nach ihm?«

»Nein. Manchmal gingen wir zusammen, und er fuhr mich sogar in die Rue Caulaincourt und hielt etwa hundert Meter von meiner Wohnung entfernt. Am letzten Mittwoch hatte er's eilig, und ich habe ihm gesagt, er soll nicht auf mich warten.«

»Überlegen Sie weiter. Versuchen Sie sich daran zu erinnern, wer von Ihren Besuchen in der Rue Fortuny wusste.«

Nachdem er sich noch einmal geschnäuzt hatte, setzte er seinen Hut wieder auf. Madame Maigret hatte recht gehabt. Die Sonne hatte den Nebel durchbrochen, und die Seine glitzerte.

»Komm, Lucas. Ich danke Ihnen, Mademoiselle Boutin.«

Kurz bevor der Wagen in den Hof der Kriminalpolizei einfuhr, begegnete Maigrets Blick dem eines Mannes, der am Geländer des Quais lehnte. Es dauerte nur den Bruchteil einer Sekunde. Der Kommissar maß dem Vorfall zunächst keine Bedeutung bei, zumal der Mann dann in Richtung Place Dauphine ging. Er zog das eine Bein nach.

»Hast du ihn gesehen?«, fragte er Lucas etwas später.

»Wen?«

»Den Mann im Regenmantel. Er stand gegenüber der Einfahrt und hat zu den Fenstern hochgesehen. Als wir an ihm vorbeifuhren, hat er mich angestarrt. Ich bin sicher, er hat mich erkannt.«

»Ein Clochard?«

»Nein, er war rasiert und ordentlich gekleidet. Aber in dem dünnen Mantel wird er wohl frieren.«

Auch in seinem Büro musste Maigret weiter an den Unbekannten denken. Unwillkürlich ging er ans Fenster und sah hinaus. Natürlich war der Fremde nicht mehr auf dem Quai.

Er überlegte, warum ihm der Mann aufgefallen war. Vielleicht war es der merkwürdig intensive Blick gewesen, der bewegende Blick eines Menschen, der sich einem ernsten Problem gegenüber sieht oder unglücklich ist.

War es nicht eine Art Hilferuf gewesen?

Maigret zuckte mit den Schultern, stopfte sich eine Pfeife und setzte sich an seinen Schreibtisch. Ohne ersichtlichen Grund brach ihm wieder der Schweiß aus, und er musste sich das Gesicht abtupfen.

Er hatte seiner Frau versprochen, mittags nach

Hause zu kommen, aber vergessen zu fragen, was es gab. Er wusste das gern schon am Morgen, damit er sich darauf freuen konnte.

Das Telefon läutete, und er nahm den Hörer ab.

»Ein Gespräch für Sie, Herr Kommissar. Der Betreffende will weder seinen Namen noch den Grund seines Anrufs sagen. Soll ich Sie trotzdem verbinden?«

»Ja, verbinden Sie mich … Hallo?«

»Kommissar Maigret?«, fragte eine leise Stimme.

»Am Apparat.«

»Ich wollte Ihnen nur sagen, bemühen Sie sich nicht allzu sehr wegen des Weinhändlers. Er war ein elender Schuft.«

»Sie kannten ihn gut?«, fragte Maigret.

Aber der Mann hatte schon aufgelegt. Der Kommissar legte ebenfalls auf und blickte nachdenklich auf das Telefon. Vielleicht war dies, worauf er seit Chabuts Tod gewartet hatte: ein Anhaltspunkt.

Der Anruf hatte ihm nichts Neues gebracht. Nur dass in diesem Fall jemand, wahrscheinlich der Mörder, zu denen gehörte, die nicht ganz anonym bleiben können. Darum schreiben sie oder rufen an. Sie sind nicht zwangsläufig verrückt.

Er hatte öfter solche Fälle erlebt, und mindestens ein Mal hatte der Verbrecher so lange keine Ruhe gegeben, bis man ihn geschnappt hatte.

Mit schwerem Kopf öffnete Maigret seine Post,

unterschrieb Berichte und andere amtliche Schriftstücke. Sie machten ihm fast ebenso viel Arbeit wie die Untersuchungen.

Um zwölf Uhr ging er bis zum Boulevard du Palais und dann nach kurzem Zögern in das Café an der Ecke. Er hatte einen pappigen Geschmack im Mund und überlegte, was er trinken sollte. Weil er am Tag zuvor einen Rum getrunken hatte, bestellte er jetzt wieder einen. Genau genommen trank er zwei, denn die Gläser waren klein.

Ein Taxi brachte ihn nach Hause, und langsam stieg er die Treppe hinauf. Als er oben anlangte, öffnete sich die Tür, seine Frau blickte ihn prüfend an und fragte:

»Wie geht es dir?«

»Besser. Nur zwei- oder dreimal hatte ich plötzlich einen Schweißausbruch. Was gibt es zu essen?«

Er legte Mantel, Schal und Hut ab und ging ins Wohnzimmer.

»Kalbsleber à la bourgeoise.«

Das war eins seiner Lieblingsgerichte. Er setzte sich in seinen Sessel und blickte in die Zeitungen, war in Gedanken aber ganz woanders.

War der Anrufer der Mann, den er kurz zuvor auf dem Quai gegenüber dem Eingang der Kriminalpolizei gesehen hatte?

Er musste abwarten, ob er noch einmal anrief. Vielleicht rief er sogar hier an, denn Zeitungen hatten Maigrets Wohnung am Boulevard Richard-Lenoir oft erwähnt. Außerdem kannten fast alle Taxichauffeure seine Adresse.

»Woran denkst du?«, fragte Madame Maigret, während sie den Tisch deckte.

»An einen Mann, den ich vorhin gesehen habe. Unsere Blicke haben sich gekreuzt, und ich glaube, er wollte mir etwas mitteilen.«

»Mit einem Blick?«

»Warum nicht? Ich weiß nicht, ob er es war, der mich etwas später angerufen hat, um mir zu sagen, Chabut sei ein elender Schuft. Das waren genau seine Worte. Aber er hat aufgelegt, ehe ich noch eine Frage stellen konnte.«

»Hoffst du, dass er wieder anruft?«

»Ja. Das tun sie fast immer. Es reizt sie, mit dem Feuer zu spielen. Vielleicht ist es aber auch bloß ein armer Irrer, der von der Sache nur das weiß, was die Zeitungen darüber berichtet haben. Das kommt auch vor.«

»Soll ich nicht den Fernseher einschalten?«

Sie aßen fast stumm, denn Maigrets Gedanken wanderten immer wieder zu dem Fall und den beteiligten Personen.

»Ist genug Leber da, dass wir sie morgen als Hors d'œuvre essen können?«

Kalt am nächsten Tag schmeckte sie noch besser. Zum Dessert gab es Nüsse, Feigen und Mandeln.

Er hatte nur zwei Gläser Bordeaux getrunken, aber er fühlte sich trotzdem schläfrig und setzte sich in seinen Sessel am Fenster.

Er schloss die Augen, und eine ganze Weile schwebte er zwischen Wachen und Schlaf, ein angenehmes Gefühl, das er nicht verscheuchen wollte. Er sah den Mann mit dem Hinkebein wieder vor sich. War es das linke oder das rechte? In seinem Dämmerzustand bekam diese Frage eine Bedeutung, die er kaum hätte erklären können.

Dass Madame Maigret leise hin und her ging und den Tisch abdeckte, merkte er nur an dem leichten Luftzug, der ihm ein paarmal ins Gesicht wehte.

Dann merkte er nichts mehr. Nicht einmal, dass er durch den Mund atmete und ein wenig schnarchte. Als er wieder aufwachte, überrascht, in seinem Sessel zu sitzen, zeigte die Penduluhr fünf nach drei. Er blickte sich nach seiner Frau um. Leise Geräusche aus der Küche sagten ihm, dass sie bügelte.

»Hast du gut geschlafen?«

»Wunderbar. Ich hätte noch lange weiterschlafen können.«

»Willst du nicht deine Temperatur messen?«

»Wenn du darauf bestehst.«

Diesmal hatte er 37,6.

»Musst du unbedingt ins Büro zurück?«

»Ja, es ist besser, ich fahre hin.«

»Nimm aber vorher ein Aspirin.«

Gehorsam schluckte er eine Tablette und goss sich dann, um den Geschmack zu vertreiben, ein Gläschen elsässischen Pflaumenschnaps ein, den ihnen seine Schwägerin regelmäßig schickte.

»Ich rufe dir gleich einen Wagen.«

Der Himmel war hell, blassblau, und die Sonne schien, aber die Luft war trotzdem noch recht kühl.

»Soll ich die Heizung anstellen, Chef? Sie wirken erkältet. Meine Frau und die Kinder haben die Grippe. Die trifft immer uns alle. Morgen oder übermorgen bin ich an der Reihe.«

»Nein, um Himmels willen, keine Heizung! Mir ist schon so heiß genug.«

»Schwitzen Sie auch so? Seit heute Morgen war ich drei- oder viermal in Schweiß gebadet.«

Die Treppe kam ihm steiler vor als sonst, und er war froh, als er endlich an seinem Schreibtisch saß. Er klingelte nach Lucas.

»Nichts Neues?«

»Nein, Chef.«

»Kein anonymer Anruf?«

»Nein. Lapointe ist gerade zurückgekommen, und ich glaube, er möchte Ihnen gern berichten.«

»Ruf ihn.«

Er wählte eine der auf dem Schreibtisch aufgereihten Pfeifen, die leichteste, und stopfte sie langsam.

»Hast du schon alle Auskünfte beisammen?«

»Ja, fast alle. Ich hatte Glück.«

»Setz dich und gib mir die Liste.«

»Aus meinen Notizen werden Sie nicht schlau. Ich lese sie Ihnen lieber vor, bevor ich den Bericht schreibe. Als Erstes der Minister, Xavier Thorel. Da brauchte ich niemanden zu fragen. Aus den Donnerstagszeitungen ging hervor, dass er die Regierung bei der Weltpremiere eines Films über die Résistance vertreten hat.«

»Mit seiner Frau?«

»Ja, Rita war an seiner Seite, ebenso der achtzehnjährige Sohn.«

»Weiter.«

»Ich habe dann auch erfahren, dass andere Leute von der Liste bei dieser Premiere waren. Deren Namen standen nur nicht in den Zeitungen. So zum Beispiel Doktor Rioux. Er wohnt an der Place des Vosges, zwei Häuser von den Chabuts entfernt.«

»Wer hat dir das gesagt?«

»Die Concierge, ganz einfach. Die alten Informationsquellen sind immer noch die besten. Doktor Rioux scheint Madame Chabut zu behandeln.«

»Ist sie denn oft krank?«

»Sie lässt ihn jedenfalls ziemlich häufig kommen. Er ist ein dicker Mann, hat noch ein paar braune Haare und kämmt sie sorgfältig über die Glatze. Seine Frau gleicht wohl einem rothaarigen Gaul. Sie hat Chabut bestimmt nicht gereizt.«

»Das wären zwei. Und weiter?«

»Henry Legendre, der Industrielle, war gerade in Rouen. Er hat dort eine kleine Wohnung und ist ein- bis zweimal in der Woche da. Das habe ich von seinem Chauffeur. Der hielt mich für einen Zeitschriftenwerber.«

»Und seine Frau?«

»Sie liegt seit einer Woche mit Grippe im Bett. Über Pierre Merlot, den Börsenmakler, habe ich nur erfahren, dass er in der Stadt zu Abend gegessen haben soll. Seine Frau Lucile und er tun das oft. Ich hatte noch keine Zeit, in den bekannten Restaurants nachzufragen. Er scheint ein Gourmet zu sein.«

»Und Caucasson, der Kunstverleger?«

»War wie der Minister in dem Kino an den Champs-Élysées.«

»Maître Poupard?«

»Bei einem Galadiner in der Avenue Gabriel, das der Botschafter der Vereinigten Staaten ausgerichtet hat.«

»Und Madame Poupard?«

»Ebenfalls. Dann ist da noch eine Madame Japy, Estelle Japy, verwitwet oder geschieden. Sie wohnt am Boulevard Haussmann und war lange eine von Chabuts Geliebten. Um mich nach ihr zu erkundigen, habe ich mit ihrem Hausmädchen anbandeln müssen. Madame Japy hat Chabut schon Monate nicht gesehen. Er hat sich ihr gegenüber offenbar recht schlecht benommen. Am Mittwoch war sie allein zu Hause, hat zu Abend gegessen und dann ferngesehen.«

Maigrets Telefon läutete. Er nahm den Hörer ab.

»Sie werden persönlich verlangt. Ich glaube, es ist derselbe Mann wie heute Vormittag.«

»Verbinden Sie mich.«

Es folgte ein ziemlich langes Schweigen, und er hörte nur das Atmen auf der anderen Seite.

»Sind Sie da?«, fragte der Mann schließlich.

»Ich höre, ja.«

»Ich rufe an, um Ihnen noch einmal zu sagen, dass er ein Schuft war. Prägen Sie sich das gut ein!«

»Einen Augenblick.«

Aber der andere hatte aufgelegt.

»Vielleicht ist es der Mörder, aber vielleicht auch ein Witzbold. Wenn er immer gleich wieder auflegt, kann ich das nicht beurteilen und habe auch keine Möglichkeit, ihn zu finden. Entweder muss er mehr sagen oder eine Unvorsichtigkeit begehen.«

»Was hat er gesagt?«

»Das Gleiche wie am Vormittag: dass Chabut ein Schuft war.«

Viele Leute mussten derselben Ansicht sein, darunter auch etliche, mit denen die Chabuts verkehrten. Er hatte alles getan, um Abneigung, wenn nicht Hass, auf sich zu ziehen, einerseits durch sein Verhalten den Frauen gegenüber, andererseits durch die Art, wie er seine Angestellten behandelte.

Es war anzunehmen, dass er die Leute absichtlich provoziert hatte. Aber bis zum vergangenen Mittwoch schien niemand ihn in seine Schranken verwiesen zu haben. War er je geohrfeigt worden und hatte es für sich behalten? Hatte ihm nie ein eifersüchtiger Ehemann oder Liebhaber einen Fausthieb ins Gesicht versetzt?

Sein Benehmen war unverschämt. Selbstsicher wie er war, hatte er das Schicksal herausgefordert.

Aber irgendjemand, laut Madame Blanche ein Mann, hatte es schließlich sattgehabt und vor der Villa in der Rue Fortuny auf ihn gewartet. Dieser Jemand musste noch triftigere Gründe als die anderen gehabt haben, ihn zu hassen, denn damit, dass er Chabut tötete, hatte der Täter seine Freiheit, wenn nicht sein eigenes Leben aufs Spiel gesetzt.

Musste man im Freundeskreis suchen? Die Auskünfte, die Lapointe erhalten hatte, waren eher ernüchternd. Es kam immer seltener vor, dass jemand tötete, um eheliches Leid zu rächen, zumal in einem bestimmten Milieu.

Gehörte der Mörder zu den Angestellten am Quai de Charenton? Oder zu denen in der Avenue de l'Opéra?

Oder war es etwa jener anonyme Mann, der den

Kommissar zweimal angerufen hatte, um seinem Herzen Luft zu machen?

»Steht noch jemand auf deiner Liste?«

»Philippe Borderel mit seiner Geliebten. Er ist Theaterkritiker einer großen Tageszeitung. Sie waren in einer Generalprobe im Theater La Michodière. Dann Trouard, der Architekt. Er hat mit einem bekannten Baulöwen bei Lipp zu Abend gegessen.«

Wie viele von denen, die nicht auf der Liste standen, hatten gute Gründe, dem Weinhändler etwas zu verübeln? Man hätte Dutzende und Aberdutzende verhören müssen, einen nach dem anderen, Männer und Frauen, von Angesicht zu Angesicht. Aber das war natürlich unmöglich, und darum klammerte sich Maigret an den unbekannten Anrufer. Vielleicht war er der Mann, den er am Vormittag auf dem Quai gesehen hatte.

»Wissen Sie, wann die Beerdigung stattfindet?«

»Nein. Als ich gestern von Madame Chabut fortging, kam gerade der Mann vom Bestattungsinstitut. Der Tote wird gestern gegen Abend in die Wohnung an der Place des Vosges gebracht worden sein. Sollten wir dort nicht noch einmal vorbeischauen?«

Wenig später fuhren sie zur Place des Vosges. Im ersten Stock war die Tür angelehnt. Sie traten ein und wurden sofort vom Geruch der Kerzen und Chrysanthemen eingehüllt.

Oscar Chabut lag im offenen Sarg. Eine schwarz gekleidete ältere Dame kniete auf einem Betstuhl, und ein ziemlich junges Paar stand vor dem Toten, auf dessen Gesicht der zuckende Schein der Kerzen fiel.

Wer war die trauernde Dame? Jeanne Chabuts Mutter? Möglich. Sogar wahrscheinlich. Die beiden jungen Leute schienen sich in ihrer Haut nicht wohlzufühlen, und nachdem der Mann sich bekreuzigt hatte, verließ er mit seiner Begleiterin den Raum.

Maigret folgte dem Brauch, tauchte einen Buchsbaumzweig ins Weihwasser und zeichnete damit ein Kreuz in die Luft. Lapointe tat es ihm auf fast komische Weise beflissen gleich.

Selbst tot wirkte Oscar Chabut imponierend, denn er hatte ein kräftiges Gesicht, mit groben Zügen vielleicht, aber doch von einer gewissen Schönheit.

Als die beiden Männer hinausgingen, erschien Madame Chabut in der Diele.

»Wollten Sie zu mir?«

»Nein. Wir sind gekommen, um Ihrem Mann die letzte Ehre zu erweisen.«

»Er sieht aus, als lebte er noch, nicht wahr? Man hat ihn schön hergerichtet. Sie haben ihn jetzt so gesehen, wie er im Leben war. Nur leider nicht seinen Blick.«

Mechanisch führte sie die beiden zur Tür am Ende der Diele.

»Ich würde Ihnen gern eine Frage stellen, Madame Chabut«, murmelte Maigret plötzlich.

Sie sah ihn gespannt an.

»Bitte – ich höre.«

»Möchten Sie wirklich, dass der Mörder Ihres Mannes gefunden wird?«

Auf diese Frage war sie nicht gefasst. Es verschlug ihr kurz die Sprache, aber dann sagte sie:

»Warum sollte ich wünschen, dass dieser Mann in Freiheit bleibt?«

»Ich weiß es nicht. Wenn man ihn fasst, wird es einen Prozess geben, einen sehr großen Prozess, über den Presse, Radio und Fernsehen mehr als ausführlich berichten werden. Außerdem werden zahlreiche Zeugen aufmarschieren, darunter die weiblichen Angestellten Ihres Mannes, und sicher werden einige von ihnen die Wahrheit sagen. Vielleicht auch Freundinnen Ihres Mannes …«

»Ich verstehe, was Sie meinen«, murmelte sie mit nachdenklicher Miene, als würde sie das Für und Wider abwiegen.

»Es wird natürlich einen hübschen Skandal geben«, fügte sie kurz darauf hinzu.

»Sie haben meine Frage nicht beantwortet.«

»Ehrlich gesagt, es ist mir gleich. Ich bin nicht für Rache. Der, der ihn getötet hat, meinte sicher, gute

Gründe dafür zu haben. Vielleicht hatte er sogar recht. Was hat die Gesellschaft davon, wenn man ihn für zehn Jahre oder für den Rest seines Lebens ins Gefängnis steckt?«

»Angenommen, Sie hätten einen Hinweis darauf, wer es war, dann würden Sie ihn wohl für sich behalten?«

»Da dies nicht der Fall ist, habe ich darüber nicht nachgedacht. Es wäre doch meine Pflicht, es Ihnen zu sagen, nicht wahr? In dem Fall würde ich es wohl tun, aber widerwillig.«

»Wer wird die Leitung der Firma übernehmen? Louceck?«

»Vor diesem Mann graut mir. Er kommt mir vor wie ein Reptil. Ich hasse es, wenn er mich ansieht.«

»Ihr Mann scheint aber Vertrauen zu ihm gehabt zu haben.«

»Er hat durch Louceck viel Geld verdient. Louceck ist gerissen, kennt sich bestens mit den Gesetzen aus und weiß sie zu nutzen. Anfangs war er nur für die Steuern meines Mannes zuständig, dann hat er sich auf den zweiten Platz hinaufgeschwungen.«

»Wer ist auf die Bezeichnung *Vin des Moines* gekommen?«

»Mein Mann. Damals gab es nur den Firmensitz am Quai de Charenton. Louceck riet dazu, das Büro in der Avenue de l'Opéra einzurichten, die

Lager in der Provinz zu vervielfachen und damit auch die Zahl der Verkaufsstellen.«

»Hielt Ihr Mann ihn für anständig?«

»Er brauchte ihn, und er war ihm gewachsen.«

»Sie haben wieder meine Frage nicht beantwortet. Wird er die Firma leiten?«

»Er wird sicherlich auf seinem Posten bleiben, jedenfalls noch eine Zeit lang, weiter aufsteigen wird er nicht.«

»Wer soll an der Spitze stehen?«

»Ich.«

Sie sagte das so schlicht, als verstünde es sich von selbst.

»Ich bin die geborene Geschäftsfrau, und mein Mann hat mich oft um Rat gefragt.«

»Richten Sie Ihr Büro in der Avenue de l'Opéra ein?«

»Ja. Nur werde ich es nicht wie Oscar mit Louceck teilen. Es gibt genug Räumlichkeiten.«

»Und Sie gehen dann in die Lagerhäuser, die Keller, die Büros am Quai de Charenton?«

»Warum nicht?«

»Sie planen keine personellen Veränderungen?«

»Warum sollte es die geben? Weil die Mädchen fast alle mit meinem Mann geschlafen haben? Dann dürfte ich auch meine Freundinnen nicht mehr besuchen – außer jenen, die schon in biblischem Alter sind.«

Eine kleine, lebhafte junge Frau trat ein, warf sich in die Arme der Hausherrin und flüsterte:

»Meine arme, liebste …«

»Entschuldigen Sie mich, Herr Kommissar.«

»Aber ich bitte Sie.«

Als Maigret die Treppe hinunterging, wischte er sich die Stirn mit dem Taschentuch und brummte:

»Merkwürdige Frau.«

Ein paar Stufen tiefer fügte er hinzu:

»Wenn ich mich nicht gewaltig irre, ist diese Geschichte noch lange nicht zu Ende.«

Hatte Jeanne Chabut nicht wenigstens den Vorzug, freimütig zu sein?

4

Gegen fünf Uhr klopfte jemand diskret an die Tür von Maigrets Büro. Ohne eine Antwort abzuwarten, trat der alte Joseph, der dienstälteste Bürodiener, ein und reichte dem Kommissar einen Anmeldezettel:

Name: Jean-Luc Caucasson.
Grund des Besuchs: Fall Chabut.

»Wohin haben Sie ihn gebracht?«

»Ins Aquarium.«

So wurde das Wartezimmer mit den drei Glaswänden genannt, in dem immer irgendwelche Besucher saßen.

»Lassen Sie ihn noch ein bisschen schmoren, dann bringen Sie ihn zu mir.«

Maigret schnäuzte sich lange, stellte sich einen Moment ans Fenster und trank schließlich einen Cognac. Eine Flasche stand immer in seinem Schrank.

Ihm war nach wie vor flau, und er hatte das unangenehme Gefühl, von Watte umgeben zu sein.

Er stand an seinem Schreibtisch und zündete sich gerade eine Pfeife an, als Joseph meldete:

»Monsieur Caucasson.«

Dieser schien von der Atmosphäre am Quai des Orfèvres nicht beeindruckt. Mit ausgestreckter Hand kam er auf Maigret zu:

»Habe ich die Ehre? Kommissar Maigret?«

Aber der Kommissar brummte nur:

»Nehmen Sie Platz.«

Er selbst ging um seinen Schreibtisch herum und setzte sich.

»Sie sind Verleger von Kunstbüchern, nicht wahr?«

»Ja, das stimmt. Kennen Sie mein Geschäft in der Rue Saint-André-des-Arts?«

Maigret antwortete nicht darauf und blickte den anderen gedankenverloren an. Caucasson war ein gutaussehender Mann, groß und schlank, mit üppigem, sorgfältig frisiertem grauem Haar. Sein Anzug und Mantel waren ebenfalls grau, und ein süffisantes Lächeln spielte um seine Lippen, was vermutlich immer der Fall war. Er erinnerte an ein Rassetier, einen edlen Hund, einen Afghanen zum Beispiel.

»Entschuldigen Sie, dass ich Sie störe, zumal mein Besuch für Sie nicht sehr interessant sein wird. Ich war ein Freund von Oscar Chabut.«

»Ich weiß. Ich weiß auch, dass Sie am Mittwoch der Weltpremiere eines Films über die Résistance beigewohnt haben. Der Film hat erst um halb zehn begonnen, Sie hatten also genug Zeit für den Weg von der Rue Fortuny zu den Champs-Élysées.«

»Verdächtigen Sie mich?«

»Bis zum Beweis des Gegenteils sind alle, die mit Chabut in Beziehung standen, mehr oder weniger verdächtig. Kennen Sie Madame Blanche?«

Er zögerte einen Augenblick, dann sagte er schnell:

»Ja. Ich war gelegentlich bei ihr.«

»Mit wem?«

»Mit Jeanne Chabut. Sie wusste, dass ihr Mann dort Stammkunde war, und wollte sich selbst ein Bild machen.«

»Sind Sie der Liebhaber von Madame Chabut?«

»Ich war es. Ich habe Grund zur Annahme, dass sie noch andere hatte.«

»Wann war Ihre Zeit?«

»Wir haben uns seit etwa sechs Monaten nicht mehr gesehen.«

»Haben Sie sie an der Place des Vosges besucht?«

»Ja, wenn ihr Mann in den Süden fuhr. Das geschah fast jede Woche.«

»Sind Sie deswegen zu mir gekommen?«

»Nein. Ich habe nur auf Ihre Fragen geantwortet. Ich wollte Sie fragen, ob Sie die Briefe gefunden haben.«

Maigret sah ihn an und hob die Brauen.

»Welche Briefe?«

»Die Briefe, die Oscar privat erhielt. Natürlich nicht seine Geschäftskorrespondenz. Wahrscheinlich bewahrte er sie an der Place des Vosges auf oder am Quai de Charenton.«

»Und Sie hätten diese Briefe gern zurück?«

»Meg, das ist meine Frau, also Meg hat die Angewohnheit, lange Briefe zu schreiben und darin alles zu erwähnen, was ihr gerade durch den Kopf geht.«

»Sie möchten also *ihre* Briefe wiederhaben?«

»Meg hatte ziemlich lange ein Verhältnis mit Oscar. Ich habe die beiden einmal überrascht, und ihn schien das zu ärgern.«

»War er verliebt?«

»Er ist nie in seinem Leben verliebt gewesen. Sie war nur eine mehr in seiner Sammlung.«

»Sind Sie eifersüchtig?«

»Ich habe mich schließlich damit abgefunden.«

»Hatte Ihre Frau noch andere Abenteuer?«

»So sieht es leider aus.«

»Wenn ich recht verstehe, war Ihre Frau die Geliebte von Chabut, und Sie waren Madame Chabuts Geliebter. So ungefähr ist es doch?«

Die leise Ironie in Maigrets Tonfall entging dem Kunstverleger.

»Haben Sie auch Briefe geschrieben?«

»Drei oder vier.«

»An Madame Chabut?«

»Nein. An Oscar.«

»Um sich über sein Verhältnis mit Meg zu beschweren?«

»Nein.«

Caucasson kam jetzt an einen heiklen Punkt und bemühte sich, unbefangen zu erscheinen.

»Sie kennen die Situation eines Kunstverlegers vermutlich nicht. Die Kundschaft ist dünn gesät, die Herstellungskosten sind enorm. Bis sich eine Auflage verkauft, vergehen Jahre. Und sie bindet eine Menge Kapital. Deshalb sind wir auf Mäzene angewiesen.«

Ironischer denn je fragte Maigret mit Unschuldsmiene:

»War Monsieur Chabut ein Mäzen?«

»Er war sehr reich. Er scheffelte das Geld. Ich dachte, er könnte mir helfen und …«

»Haben Sie ihm das geschrieben?«

»Ja.«

»Obwohl er der Geliebte Ihrer Frau war?«

»Das eine hat mit dem anderen nichts zu tun.«

»Hatten Sie die beiden da schon überrascht?«

»Ich habe die Daten nicht mehr genau im Kopf, aber ich vermute es.«

Maigret hatte sich zurückgelehnt und drückte mit dem Daumen die Asche in seiner Pfeife hinunter.

»Waren Sie da bereits Jeanne Chabuts Liebhaber?«

»Ich dachte mir schon, dass Sie das nicht verstehen würden. Sie kommen immer wieder auf die gute alte bürgerliche Moral zurück. Aber die gilt in unseren Kreisen nichts mehr. Für uns sind diese sexuellen Beziehungen bedeutungslos.«

»Ich verstehe. Mit anderen Worten, Sie haben sich an Oscar Chabut nur darum gewandt, weil er reich war.«

»Richtig.«

»Sie hätten sich ebenso gut an einen Ihnen nicht näher bekannten Bankier oder Industriellen wenden können?«

»Hätte ich mich in einer Notlage befunden, ja.«

»Aber in einer solchen Notlage waren Sie nicht.«

»Ich plante die Herausgabe eines bedeutenden Werks über bestimmte Aspekte der asiatischen Kunst.«

»Stehen in den Briefen Sätze, die Sie bedauern?«

Caucasson wurde immer unbehaglicher zumute, aber es gelang ihm, eine gewisse Würde zu bewahren.

»Man könnte sie vielleicht falsch deuten.«

»Oberflächliche Menschen zum Beispiel, Kleingeister, Leute, die nicht aus Ihrer Welt sind, könnten an eine Erpressung denken. So ist es doch?«

»Ja, ungefähr so.«

»Haben Sie ihn sehr bedrängt?«

»Ich habe drei oder vier Briefe geschrieben.«

»Alle zum selben Thema? Ziemlich kurz nacheinander?«

»Ich musste die Herausgabe eilig vorbereiten. Einer der besten Kenner asiatischer Kunst hatte mir schon den Text geliefert.«

»Hat Chabut gezahlt?«

Caucasson schüttelte den Kopf.

»Nein.«

»Waren Sie sehr enttäuscht?«

»Ja. Das hatte ich nicht erwartet. Ich kannte ihn nicht gut genug.«

»Er war hart, nicht wahr?«

»Hart und verächtlich.«

»Hat er Ihnen schriftlich geantwortet?«

»Die Mühe hat er sich nicht gemacht. Eines Abends, als er eine Cocktailparty für etwa dreißig Freunde gab, wollte ich ihn beiseitenehmen, in der Hoffnung, endlich eine Antwort zu erhalten.«

»Und hat er sie Ihnen gegeben?«

»Auf brutale Weise. Er hat sich mitten im Salon umgedreht und laut zu mir gesagt, sodass andere es hören konnten:

›Wissen Sie, Meg ist mir völlig schnuppe, und noch mehr, was Sie mit meiner Frau treiben. Also hören Sie auf, mich um Geld zu bitten.‹«

Caucassons anfangs eher blasses Gesicht hatte sich gerötet, und seine langen Finger mit den manikürten Nägeln zitterten ein wenig.

»Sie sehen, ich bin ganz offen zu Ihnen. Ich hätte schweigen und die weitere Entwicklung abwarten können.«

»Sie meinen, darauf warten, dass ich die Briefe finde?«

»Man kann nicht wissen, wem sie in die Hände fallen.«

»Haben Sie ihn danach noch einmal gesehen?«

»Zweimal. Meg und ich wurden weiter eingeladen.«

»Und Sie sind hingegangen«, murmelte Maigret mit gespielter Bewunderung. »Ich sehe, Sie sind sehr nachsichtig.«

»Was konnte ich anderes tun? Er war brutal, aber eben eine Naturgewalt. Er hat bestimmt noch andere gedemütigt, auch Freunde von uns. Es war ihm ein Bedürfnis, sich mächtig zu fühlen, und ihm lag nichts daran, geliebt zu werden.«

»Haben Sie damit gerechnet, dass ich Ihnen die Briefe zurückgebe?«

»Es wäre mir lieber, sie vernichtet zu wissen.«

»Sowohl die Ihrer Frau als auch Ihre, nicht wahr?«

»Megs Briefe sind vielleicht etwas zu leidenschaftlich, um nicht zu sagen, erotisch, und meine könnten, wie ich schon gesagt habe, falsch gedeutet werden.«

»Ich werde sehen, was ich tun kann.«

»Haben Sie sie denn gefunden?«

Statt zu antworten, ging Maigret zur Tür und erklärte das Gespräch damit für beendet.

»Übrigens, besitzen Sie eine automatische Pistole vom Kaliber 6,35?«

»Ich habe eine in meinem Geschäft. Sie liegt schon seit Jahren in derselben Schublade. Das Kaliber weiß ich nicht einmal. Ich mag keine Waffen.«

»Ich danke Ihnen. Noch eins. Wussten Sie, dass Ihr Freund Chabut sich jeden Mittwoch immer zur gleichen Stunde in die Rue Fortuny begab?«

»Ja. Jeanne und ich haben uns das manchmal zunutze gemacht.«

»Das wäre alles für heute. Wenn ich Sie brauche, werde ich Sie einbestellen.«

Beim Hinausgehen stieß Caucasson beinahe gegen den Türrahmen. Maigret blickte ihm bis zur Treppe nach. Dann ließ er sich telefonisch mit der Wohnung an der Place des Vosges verbinden. Es dauerte eine ganze Zeit, denn die Leitung war immerzu besetzt.

»Madame Chabut? … Hier Kommissar Maigret. Entschuldigen Sie, dass ich Sie noch einmal störe. Aber ich hatte eben Besuch, und das zwingt mich, Ihnen ein paar Fragen zu stellen.«

»Bitte, aber beeilen Sie sich, ich bin sehr beschäftigt. Übrigens, die Beerdigung findet morgen im engsten Kreis statt.«

»Gibt es vorher eine kirchliche Feier?«

»Nur ein stilles Gebet. Es kommen ein paar enge Freunde und zwei oder drei Mitarbeiter meines Mannes.«

»Monsieur Louceck?«

»Ich kann ihn nicht übergehen.«

»Monsieur Leprêtre?«

»Natürlich. Und sogar seine Privatsekretärin, das magere Mädchen, das er die Heuschrecke nannte. Wir werden in drei Wagen direkt zum Friedhof in Ivry fahren.«

»Wissen Sie, wo Ihr Mann seine Privatkorrespondenz aufbewahrte?«

Ziemlich langes Schweigen. Dann sagte sie:

»Stellen Sie sich vor, das habe ich mich nie gefragt. Er bekam sehr wenig Post in die Wohnung; die meisten Leute schrieben an den Quai de Charenton. Denken Sie an bestimmte Briefe?«

»Briefe von Freunden, von Freundinnen.«

»Wenn er sie aufbewahrt hat, dann müssen sie in seinem Privattresor sein.«

»Wo ist der?«

»Im Salon, hinter seinem Porträt.«

»Haben Sie den Schlüssel?«

»Die Kriminalpolizei hat mir gestern die Kleidungsstücke zurückgeschickt, die Oscar am Mittwoch trug, und in einer Tasche seines Anzugs war sein Schlüsselbund. Es war ein Tresorschlüssel dabei. Ich habe nicht weiter darüber nachgedacht.«

»Ich will Ihre Zeit heute nicht weiter beanspruchen, aber nach der Beerdigung …«

»Sie können mich morgen Nachmittag anrufen.«

»Bis dahin bitte ich Sie eindringlich, nichts zu vernichten, nicht den kleinsten Zettel.«

Würde die Neugier sie nicht dazu treiben, schon heute den Tresor zu öffnen, um die erwähnten Briefe zu lesen?

Anschließend rief er die Heuschrecke an.

»Ist bei Ihnen im Büro alles in Ordnung?«

»Warum sollte es das nicht sein?«

»Ich habe soeben erfahren, dass Sie zur Beerdigung eingeladen worden sind.«

»Ja, telefonisch. Ich hatte das nicht erwartet. Ich dachte, dass ich ihr unsympathisch bin.«

»Sagen Sie, gibt es einen Tresor am Quai de Charenton?«

»Ja, im Erdgeschoss, im Büro des Buchhalters.«

»Wer hat den Schlüssel?«

»Der Buchhalter natürlich, und vermutlich auch Oscar.«

»Wissen Sie, ob er persönliche Papiere, Briefe zum Beispiel, in diesen Tresor legte?«

»Das glaube ich nicht. Wenn er private Briefe bekam, riss er sie in winzige Stücke oder steckte sie in seine Tasche.«

»Würden Sie trotzdem den Buchhalter danach fragen? Ich bleibe so lange am Apparat.«

Er zündete seine erloschene Pfeife wieder an. Durchs Telefon hörte er Schritte, eine Tür, die sich öffnete und wieder schloss, und nach ein paar Minuten erneut die Tür und Schritte.

»Sind Sie noch da?«

»Ja.«

»Ich habe mich nicht geirrt, in dem Tresor sind nur Geschäftspapiere und etwas Bargeld. Der Buchhalter weiß nicht einmal, ob der Chef einen Schlüssel hatte. Aber Monsieur Leprêtre müsste einen haben.«

»Vielen Dank.«

»Kommen Sie zur Beerdigung?«

»Ich glaube nicht. Ich bin im Übrigen nicht eingeladen.«

»Jeder darf in eine Kirche gehen.«

Er legte auf. Der Kopf war ihm noch immer schwer, aber seine Stimmung war nicht mehr so düster wie am Morgen. Er ging ins Büro der Inspektoren, wo Lapointe gerade seinen Bericht in die Schreibmaschine tippte, nur mit zwei Fingern, aber so schnell wie die meisten Schreibfräulein.

»Ich hatte gerade Besuch«, murmelte Maigret. »Der Kunstverleger war bei mir.«

»Was wollte er?«

»Briefe zurückhaben. Unverzeihlich, dass ich

nicht an die Briefe gedacht habe, die Chabut bekam. Es sind bestimmt sehr aufschlussreiche darunter, zum Beispiel die, in denen Caucasson Geld fordert.«

»Weil der Weinhändler mit seiner Frau schlief?«

»Caucasson hat sie in flagranti ertappt. Allerdings hatte er selbst ein Verhältnis mit Jeanne Chabut. Und das ist nur *ein* Fall. Ich glaube, wenn wir die Korrespondenz in die Hände bekommen, werden wir noch weitere entdecken.«

»Wo sind die Briefe?«

»Aller Wahrscheinlichkeit nach in einem Tresor, im großen Salon hinter dem Porträt des Toten.«

»Hat seine Frau sie gelesen?«

»Sie hat offenbar nicht an den Tresor gedacht. Sie fand den Schlüssel zufällig in dem Anzug, den Chabut am Mittwoch trug.«

»Haben Sie ihr davon erzählt?«

»Ja. Und ich bin sicher, schon heute Abend wird sie die Briefe lesen. Die Beerdigung ist morgen. In Saint-Paul findet die Messe statt, und dann werden nur die nächsten Freunde in drei Wagen zum Friedhof in Ivry gebracht.«

»Fahren Sie hin?«

»Nein.«

Wozu? Der Mörder des Weinhändlers gehörte nicht zu denen, die sich bei einer Beerdigung durch ihr Benehmen verraten.

»Mir scheint, Chef, es geht Ihnen besser. Sie schnäuzen sich viel weniger.«

»Beschrei es bloß nicht! Morgen früh werden wir sehen.«

Es war halb sechs.

»Es lohnt sich nicht, noch bis sechs Uhr zu warten. Zu Hause bin ich besser aufgehoben.«

»Guten Abend, Chef.«

»Guten Abend, Kinder.«

Und Maigret verließ das Inspektorenbüro, die Pfeife zwischen den Zähnen, etwas gebeugt und mit weichen Knien.

Er schlief sehr fest. Und wenn er in dieser Nacht geträumt haben sollte, so konnte er sich am nächsten Morgen an nichts mehr erinnern. Der Wind musste sich über Nacht gedreht haben. Es war viel weniger kalt, dafür zeichnete der Regen unablässig Zickzacklinien auf die Fenster.

»Hast du Fieber gemessen?«

»Nein. Ich habe keins.«

Er fühlte sich besser. Mit Genuss trank er seine beiden Tassen Kaffee, und Madame Maigret bestellte wieder einmal telefonisch ein Taxi.

»Vergiss den Schirm nicht!«

In seinem Büro sah er mechanisch den Stapel Briefe durch, der ihn erwartete. Eine alte Gewohnheit. An den Umschlägen konnte er gleich erkennen, ob ein Freund geschrieben hatte oder jemand, von dem er Post erwartete.

Auf einem der Umschläge war die Adresse in Blockschrift geschrieben. Links oben in der Ecke stand *Persönlich,* dreimal unterstrichen.

Herrn Hauptkommissar Maigret
Chef der Kriminalpolizei
Quai des Orfèvres 38

Diesen Umschlag öffnete er zuerst. Er enthielt zwei Bogen, von denen der Briefkopf abgeschnitten war, vermutlich der einer Brasserie oder eines Cafés. Die Schrift war regelmäßig, die Abstände zwischen den Wörtern waren es auch. Der Schreiber war offenbar ein penibler Mensch, der auf alles achtete.

Ich hoffe, dass dieser Brief nicht irgendwo liegen bleibt und dass Sie ihn persönlich lesen.
Ich bin derjenige, der Sie zweimal angerufen hat. Ich habe schnell aufgelegt, weil ich fürchtete, Sie könnten den Anruf zurückverfolgen. Beim Selbstwählen soll das zwar unmöglich sein, aber ich möchte lieber nichts riskieren.
Mich überrascht das Schweigen der Zeitungen hinsichtlich der Persönlichkeit von Oscar Chabut. Hat denn keiner der Befragten die Wahrheit über ihn gesagt?

Stattdessen ist von ihm als von einem weitblickenden, kühnen und zähen Mann die Rede, der aus eigener Kraft eines der größten Weinunternehmen geschaffen hat.

Das ist wirklich eine Schande! Dieser Mann war ein Schuft. Das habe ich Ihnen schon gesagt, und ich wiederhole es. Jeden hätte er seinem Ehrgeiz und seinem Größenwahn geopfert. Manchmal frage ich mich, ob er eigentlich ganz normal war. Es ist schwer zu glauben, dass ein Mensch mit gesundem Verstand sich so benimmt wie er. Frauen gegenüber hatte er vor allem das Bedürfnis, sie in den Dreck zu ziehen. Er wollte sie alle besitzen, um sie zu erniedrigen, sich ihnen überlegen zu fühlen. Er prahlte sogar mit seinen Erfolgen, ohne Rücksicht auf ihren Ruf.

Und die Ehemänner? Kann es sein, dass sie von all dem nichts wissen? Das glaube ich nicht. Auch sie hat er mit seiner Verachtung beherrscht und zum Schweigen gebracht. Er musste alle Menschen um sich herum erniedrigen, damit er sich groß und mächtig fühlen konnte. Verstehen Sie mich?

Ich spreche manchmal im Präsens, als ob er noch lebte. Dabei hat er endlich bekommen, was er verdiente. Niemand wird um ihn weinen, nicht einmal seine Nächsten, nicht einmal sein Vater, der ihn schon lange nicht mehr sehen wollte. Aber davon berichten die Zeitungen nichts. Und *wenn Sie eines Tages den verhaften, der auf Chabut geschossen und seinem üblen Treiben ein Ende bereitet hat, dann werden alle über diesen Mann herfallen.*

Ich hatte das Bedürfnis, mich mit Ihnen in Verbindung zu setzen. Ich habe Sie mit einem anderen Mann, vermutlich einem Ihrer Inspektoren, in das Haus an der Place des Vosges gehen sehen. Ich habe Sie auch am Quai de Charenton gesehen, wo die Dinge nicht so einfach sind, wie man Ihnen weismachen will. Alle, die mit diesem Mann in Berührung kamen, sind gewissermaßen angesteckt.

Suchen Sie den Mörder? Das ist Ihr Beruf, ich nehme es Ihnen nicht übel. Aber wenn es so etwas wie Gerechtigkeit gäbe, müsste man den Mann beglückwünschen.

Ich sage es noch einmal: Chabut war ein widerlicher Schuft, ein durch und durch verkommener Mensch.

Ich empfehle mich mit freundlichen Grüßen. Verzeihen Sie, dass ich den Brief nicht unterschreibe, Herr Hauptkommissar.

Trotzdem war ein unleserlicher Namensschnörkel daruntergesetzt.

Maigret las den Brief noch einmal, langsam, Satz für Satz. Er hatte in seiner Laufbahn Hunderte von anonymen Briefen bekommen und erkannte die wirklich interessanten inzwischen auf den ersten Blick.

Dieser hier schien nicht nur grundlose Bezichtigungen zu enthalten, und das Bild, das der Verfasser von dem Weinhändler zeichnete, ähnelte dem Porträtierten durchaus.

War es der Mörder, der so schrieb? Handelte es sich um eines der zahlreichen Opfer Oscar Chabuts? Wenn ja, war es jemand, dem der Weinhändler die Frau weggenommen hatte, um sich ihrer dann, wie es seine Gewohnheit war, zu entledigen, oder war es jemand, der unter Chabuts Zynismus geschäftlich gelitten hatte?

Maigret sah unwillkürlich den hinkenden Mann wieder vor sich, der gegenüber dem Eingang zur Kriminalpolizei gestanden hatte und dann in Richtung Place Dauphine fortgegangen war. Sein Äußeres war ziemlich ärmlich gewesen. Er sah aus, als hätte er in seinen Kleidern geschlafen, ohne aber ein Clochard zu sein. Es gibt in Paris Tausende solcher Menschen, die in keine Kategorie passen. Manche sinken unaufhaltsam ab, und man findet sie dann unter den Brücken wieder, es sei denn, sie bringen sich vorher um. Andere klammern sich ans Leben, beißen die Zähne zusammen, und manche von ihnen kommen wieder hoch, zumal wenn jemand ihnen die Hand reicht.

Maigret hätte diesem Mann gern geholfen. Er war bestimmt nicht verrückt, trotz des Hasses auf Chabut, der ihm offenbar zum Lebenszweck geworden war.

Hatte *er* den Weinhändler erschossen? Möglich war es. Man konnte ihn sich gut vorstellen, wie er im Dunkeln wartete, die Hände um den eisigen Griff einer Pistole verkrampft.

Er schoss, wie er es sich vorgenommen hatte, einmal, zweimal, viermal. Dann hinkte er zum Metroeingang.

Wo schlief er? Wohin hatte er sich danach begeben? Zu den Grands Boulevards oder in ein anderes hell erleuchtetes Viertel? War er in ein Bistro gegangen, um sich aufzuwärmen und ganz allein seinen Erfolg zu feiern?

Der Mord an Chabut war nicht improvisiert. Derjenige, der ihn begangen hatte, hatte lange nachgedacht, hatte gezögert, sich immer wieder die Gründe vor Augen geführt und schließlich beschlossen zu handeln.

Doch nun war sein Feind tot. Und hatte dadurch das Leben des Mörders nicht plötzlich seinen Sinn verloren? Man sprach von dem Opfer als einem brillanten Menschen, einem ungewöhnlich erfolgreichen Geschäftsmann, aber nie war die Rede von dem, der ihn getötet hatte, oder von den Gründen, die ihn dazu bewogen haben mochten.

Deshalb rief er Maigret an. Dann schrieb er. Er würde wieder schreiben und sich schließlich, ohne es zu wollen, verraten.

Maigret begab sich zum Büro des großen Chefs, denn es hatte zum Rapport geläutet.

»Neuigkeiten im Fall Rue Fortuny?«

»Nichts Bestimmtes. Aber inzwischen bin ich zuversichtlich.«

»Glauben Sie, es wird einen Skandal geben?«

Maigret runzelte die Stirn. Er hatte mit dem Chef nicht über Chabuts Charakter gesprochen, und auch die Zeitungen hatten sich nicht darüber ausgelassen. Wieso sprach er jetzt von einem Skandal?

Weil der Direktor der Kriminalpolizei den Weinhändler kannte? Oder in Kreisen verkehrte, in denen Chabut eine bekannte Figur war? Wenn dem so war, dann wusste er auch, dass viele Leute gute Gründe hatten, Chabut dermaßen zu hassen, dass sie ihn umbringen wollten.

»Ich habe noch keinen Namen im Kopf«, sagte er ausweichend.

»Jedenfalls haben Sie gut daran getan, nicht zu viel an die Presse weiterzugeben.«

Später sah Maigret den Rest seiner Post durch und ließ ein Schreibfräulein heraufkommen, um ihr mehrere Briefe zu diktieren. Er fühlte sich immer noch schwach, wie zerschlagen, aber immerhin lief seine Nase nicht mehr.

Kurz vor zwölf kam Lapointe herein.

»Hoffentlich verübeln Sie's mir nicht. Ich bin sozusagen privat hingegangen. Mich hat diese Beerdigung interessiert. Es waren nur etwa zwanzig Personen da, und von den Angestellten bloß Monsieur Louceck.«

»Hast du sonst niemanden erkannt?«

»Beim Verlassen der Kirche kam es mir so vor, als würde mich ein Mann auf der anderen Straßenseite anstarren. Ich wollte zu ihm gehen, aber bis ich mich durch den Verkehr gefädelt hatte, war er verschwunden.«

»Hier, lies das mal.«

Er reichte ihm den anonymen Brief. Bei der Lektüre musste der Inspektor mehr als einmal lächeln.

»Das passt doch zu ihm, oder?«

»Vergiss nicht, dass er mich an der Place des Vosges und am Quai de Charenton gesehen hat und bestimmt auch, als ich auf den Hof der Kriminalpolizei gefahren bin. Er hat wohl angenommen, dass ich heute Morgen an der Beisetzung teilnehme.«

»Er hat mich sicherlich mit Ihnen gesehen und mich darum erkannt.«

»Ich möchte, dass heute Nachmittag einer von euch auf der Place des Vosges Posten bezieht. Er soll sich nicht um mich kümmern. Wahrscheinlich werde ich Madame Chabut besuchen. Er soll nur darauf achten, ob sich jemand in der Nähe des Hauses herumtreibt. Soweit man das beurteilen kann, ist der Mann ein Meister im Verschwinden.«

»Soll ich hingehen?«

»Wenn du willst. Zumal du schon weißt, wie er aussieht.«

Er fuhr zum Mittagessen nach Hause, aß mit Appetit und schlummerte dann nur eine Viertelstunde in seinem Sessel. Als er wieder am Quai war, rief er an der Place des Vosges an und verlangte Jeanne Chabut. Er musste ziemlich lange warten, bis sie an den Apparat kam.

»Verzeihen Sie, dass ich Sie so kurz nach dem Begräbnis belästige. Ich muss Ihnen gestehen, es brennt mir auf den Nägeln, diese Korrespondenz durchzusehen, weil wir darin vielleicht wertvolle Hinweise finden.«

»Möchten Sie heute Nachmittag kommen?«

»Das wäre mir am liebsten.«

»Ich erwarte um fünf Uhr Besuch und kann nicht absagen. Wenn Sie sofort kommen könnten …«

»Ich bin in wenigen Minuten bei Ihnen.«

Lapointe stand schon in der Nähe des Hauses Wache. Maigret ließ sich von Torrence hinfahren und schickte ihn dann zurück zum Quai des Orfèvres.

Die schwarzen Draperien mit den Silberfransen, die die Haustür bedeckt hatten, waren verschwunden. Und in der Wohnung wies nichts mehr auf die Aufbahrung hin. Es roch nur noch nach Chrysanthemen.

Sie trug dasselbe schwarze Kleid wie am Tag zuvor, darauf aber eine Brosche mit bunten Steinen, die es weniger streng erscheinen ließ. Sie war sehr ruhig und gefasst.

»Wenn es Ihnen recht ist, gehen wir in mein Boudoir. Im Salon fühlt man sich zu zweit wie verloren.«

»Haben Sie den Tresor geöffnet?«

»Ich gebe es zu.«

»Wie haben Sie die Kombination herausgefunden? Die kannten Sie doch sicher nicht.«

»Nein, natürlich nicht. Ich habe mir sofort gedacht, dass mein Mann sie bei sich trug. Ich habe seine Brieftasche durchsucht, und aus dem Führerschein fiel ein Zettel mit einer Reihe von Ziffern. Die habe ich ausprobiert.«

Auf dem Louis-xv-Schreibtisch lag ein ziemlich dickes, schlecht verschnürtes Paket.

»Ich habe nicht alles gelesen, das muss ich gleich sagen. Die Nacht hätte nicht dafür ausgereicht. Es war überraschend für mich, was er alles aufgehoben hat. Ich habe sogar alte Liebesbriefe gefunden, die ich ihm geschrieben habe, als wir noch nicht verheiratet waren.«

»Ich glaube, wir sollten mit der jüngeren Korrespondenz beginnen. Vielleicht finden wir eine Erklärung für den Mord.«

»Nehmen Sie Platz.«

Er war erstaunt, sie eine Brille aufsetzen zu sehen, durch die sie ein anderer Mensch zu werden schien. Er begriff jetzt, warum sie die Leitung der Firma übernehmen wollte. Sie war eine kühle Person, hatte bestimmt einen starken Willen und gab nicht einfach auf, was sie sich vorgenommen hatte.

»So viele Briefe ... Ach, hier ist einer, der mit Rita unterschrieben ist ... Ich weiß nicht, um welche Rita es sich handelt ...«

Ich bin morgen um drei Uhr frei. Am gewohnten Ort? Küsse. Rita.

»Wie Sie sehen, ist sie nicht besonders sentimental, und ihr Briefpapier zeugt nicht eben von gutem Geschmack. Außerdem ist es parfümiert.«

»Steht kein Datum darauf?«

»Nein, aber dieser Zettel lag bei den Briefen der letzten Monate.«

»Von Jean-Luc Caucasson haben Sie nichts gefunden?«

»Sie wissen Bescheid? War er bei Ihnen?«

»Das Schicksal dieser Briefe beunruhigt ihn sehr.«

Es regnete immer noch in Strömen, und die Tropfen liefen im Zickzack an den Scheiben der hohen

Fenster hinunter. In der Wohnung war es sehr still. Sie saßen vor Hunderten von Briefen und Zetteln, dem Resümee eines Menschenlebens.

»Hier ist einer. Wollen Sie ihn selbst lesen?«

»Ja.«

»Sie können übrigens ruhig Ihre Pfeife rauchen, das stört mich nicht im Geringsten.«

Mein lieber Oscar,

ich habe lange gezögert, Dir diesen Brief zu schreiben, aber als ich an unsere alte Freundschaft dachte, haben sich meine Bedenken verflüchtigt. Du bist ein hervorragender Geschäftsmann, während ich nicht viel von Zahlen verstehe. Auch darum ist es mir sehr unangenehm, von Geld zu sprechen.

Der Beruf des Kunstverlegers ist kein Beruf wie jeder andere. Man ist immer auf der Jagd nach dem einen Buch, das ein großer Erfolg werden könnte. Manchmal muss man lange warten, und fällt es einem dann in die Hände, fehlen einem die Mittel, es herauszubringen.

Und genauso ist es mir ergangen. Die Geschäfte stagnieren, und seit mehr als einem Jahr habe ich nichts veröffentlicht. Aber nun ist mir ein ausgezeichnetes Manuskript über bestimmte Aspekte der asiatischen Kunst in die Hände gefallen. Ich weiß, es ist ein bedeutendes Werk, und es wird den

verdienten Erfolg haben. Ich kann sogar davon
ausgehen, dass ich die Rechte in die Vereinigten
Staaten und in andere Länder verkaufen werde,
wodurch ein kleiner Teil der Kosten gedeckt wäre.
Aber um es veröffentlichen zu können, brauche
ich sofort etwa zweihunderttausend Franc, und
ich habe nicht einen Centime. Meg hat eigenes
Geld, aber das sind nur etwa zehntausend Franc.
Kannst Du mir die Summe vorschießen? Ich weiß,
für Dich ist das eine Kleinigkeit. Es ist das erste
Mal, dass ich auf diese Weise um Geld bitte, und
es ist mir sehr unangenehm.

Ich habe mit Meg gesprochen, ehe ich mich dazu
entschloss, und sie meinte, Du seist so eng mit uns
befreundet, dass Du mir die Bitte nicht abschla-
gen würdest.

Ruf mich an oder schreib mir ein paar Zeilen,
wann ich Dich bei Dir zu Hause oder in einem
Deiner Büros aufsuchen kann. Ich unterschreibe
alles, was Du willst.

»Widerwärtig, nicht wahr?«

Maigret steckte seine Pfeife an, da sie sich gerade
eine Zigarette angezündet hatte.

»Haben Sie die Anspielung auf Meg bemerkt?
Der zweite Brief ist kürzer.«

Beide waren von Hand geschrieben, in einer kleinen, nervösen Schrift.

Mein lieber Freund,

es überrascht mich, dass Du meinen Brief noch nicht beantwortet hast. Es hat mich viel Mut gekostet, Dir zu schreiben, und es ist ein Beweis meines Vertrauens, dass ich mich mit solcher Offenheit an Dich gewandt habe.

Inzwischen hat sich die Situation noch verschlechtert. Demnächst sind größere Summen fällig, was mich zwingen könnte, meinen Verlag zu schließen.

Meg, die davon weiß, ist sehr bekümmert und hat mich gedrängt, Dir noch einmal zu schreiben.

Ich hoffe, Du wirst mir beweisen, dass Freundschaft kein leeres Wort ist.

Ich zähle auf Dich, wie Du auf mich zählen kannst.

In alter Verbundenheit, Dein ...

»Sehen Sie auch die verhüllte Drohung?«

»Ja«, murmelte Maigret, »das ist recht deutlich.«

»Dann lesen Sie jetzt Megs Briefe.«

Er griff einen heraus.

Mein großer Liebling,

es kommt mir vor wie eine Ewigkeit, seit ich Dich gesehen habe, und doch war es erst vorige Woche am Montag. Wie gut habe ich mich in Deinen Armen gefühlt, wie geborgen an Deiner Brust!

Vorgestern habe ich Dir ein paar Zeilen geschickt, um mich mit Dir zu verabreden. Ich war dann am gewohnten Ort, aber Du bist nicht gekommen, und Madame Blanche sagte, Du hättest nicht angerufen.

Ich bin beunruhigt. Ich weiß, Du bist sehr beschäftigt, Du hast viel zu tun, und ich weiß auch, ich bin nicht die Einzige. Ich bin nicht eifersüchtig. Aber Du darfst mich nicht völlig vernachlässigen. Ich sehne mich danach, dass Du mich an dich drückst, bis es weh tut, sehne mich nach deinem Geruch.

Darum antworte mir bitte schnell. Ich erwarte keinen langen Brief, sag mir nur, wann wir uns sehen, Tag und Stunde.

Jean-Luc ist gerade sehr beschäftigt. Er möchte ein Buch verlegen, von dem er sagt, es werde das Geschäft seines Lebens. Wie unscheinbar und schwach wirkt er neben einem Mann wie Dir!

Ich küsse Dich überall.

Deine Meg

»Es gibt viele Briefe dieser Art. Auch ziemlich erotische.«

»Wann hat sie den letzten geschrieben?«

»Vor den Ferien.«

»Wo haben Sie die Ferien verbracht?«

»In unserer Wohnung in Cannes. Oscar musste

zwei-, dreimal auf einen Sprung nach Paris fliegen. Wir haben dort unten einige Pariser Freunde getroffen, aber nicht die Caucassons. Ich meine mich zu erinnern, dass sie irgendwo in der Bretagne ein kleines Haus haben, in einem Dorf, das hauptsächlich von Malern besucht wird.«

»Weitere Briefe, in denen er um Geld bittet, haben Sie nicht gefunden?«

»Ich habe beileibe nicht alle gelesen. Hier ist ein kurzer Brief von Estelle Japy, einer recht unternehmungslustigen Witwe, mit der er eine Zeit lang verkehrt hat.«

Lieber Freund,
ich schicke Ihnen hier diese Rechnung, die ich leider im Augenblick nicht begleichen kann, und erwarte freudig das Wiedersehen mit Ihnen.
Ihre Estelle

»Lag die Rechnung bei?«

»Ich habe sie nicht gefunden und weiß also weder um wie viel noch um was es sich handelte. Ein Schmuckstück? Ein Pelzmantel? Estelle war heute Morgen in der Kirche, zum Friedhof ist sie aber nicht mitgekommen.«

»Würden Sie mir vielleicht erlauben, diese Briefe nach Hause mitzunehmen, damit ich sie am Sonntag lesen kann?«

»Ich schlage Ihnen höchst ungern etwas ab, aber es fällt mir schwer, mich von diesen Dokumenten zu trennen, selbst vorübergehend.

Kommen Sie wieder, wann Sie wollen. Morgen schon, wenn Sie möchten, und ich lasse Sie hier in Ruhe lesen. Es gibt einen Brief von Robert Trouard, dem Architekten. Er hat versucht, meinen Mann für den Bau von Häusern mit Luxuswohnungen zu interessieren.«

»Ist er manchmal auf solche Vorschläge eingegangen?«

»Meines Wissens nie.«

»Trouards Frau?«

»Selbstverständlich. Wie die anderen. Aber ich glaube nicht, dass ihr Mann davon weiß.

Hier ist übrigens der seltsamste Brief, er ist sechs Seiten lang und hemmungslos erotisch. Eine Frau namens Wanda, ich kenne sie nicht, hat nicht nur das Bedürfnis, detailliert alles aufzuzählen, was die beiden am Vortag getan haben, sondern auch mit einer geradezu wahnsinnigen Fantasie zu schildern, was sie bei ihrem nächsten Zusammensein tun werden.

Sie scheint Russin oder Polin zu sein. Es wird für Oscar bestimmt nicht leicht gewesen sein, sie loszuwerden.

Hier ein weiterer Brief. Er stammt von Marie-France, der Frau von Henry Legendre.«

Sie reichte ihm den hellblauen Bogen. Er war mit dunkelblauer Tinte beschrieben.

Grässlicher Geliebter,
ich sollte Dich hassen, und das wird auch gesche-
hen, wenn Du diese Woche nicht kommst und
mich um Verzeihung bittest. Ich habe schöne
Sachen über Dich erfahren, ich sage nicht, von
wem, denn es handelt sich um eine Deiner vielen
Eroberungen. Natürlich erinnerst Du Dich gar
nicht an alle.
Kurz, vor einigen Tagen warst Du auf einer Cock-
tailparty, und da hat jemand von mir gesprochen.
Wie ich sicher weiß, hast Du mit lauter Stimme
vor mindestens fünf Leuten gesagt:
›Schade, dass sie so schlaffe Brüste hat.‹
Mir war klar, dass Du ein Rüpel bist. Jetzt habe
ich den Beweis. Trotzdem würde ich es nicht er-
tragen, Dich nicht wiederzusehen.
Du bist am Zug.

»Wären Ihnen die Betreffenden bekannt, könnten Sie das Pikante daran noch besser erkennen. Wenn Sie zum Beispiel vor sich sähen, wie die schöne Madame Legendre in Begleitung ihres Mannes einen Salon betritt, den Busen über und über mit Brillanten behängt …

Aber jetzt muss ich Sie bitten zu gehen, denn

Gérard wird jeden Augenblick kommen. Gérard Aubin, der Bankier. Ich brauche seinen Rat in einigen Fragen. Ich vertraue ihm völlig.

Wenn Sie morgen Nachmittag wiederkommen möchten …«

»Ich glaube nicht.«

»Ich verstehe, Sie verbringen den Sonntag lieber *en famille*.«

Sie ahnte nicht, dass sich die Maigrets wohl wieder einmal damit begnügen würden, nachmittags in ein Kino in der Nachbarschaft zu gehen und dann Arm in Arm nach Hause zu spazieren.

Auf dem Platz entdeckte Maigret Lapointe.

»Sie hatten recht, Chef. Aber er ist mir entwischt. Der Kerl ist wie ein Aal. Ich habe ihn in der Nähe des Hauses gesucht, mich aber nicht herangewagt. Nach etwa einer halben Stunde habe ich mir die Place des Vosges genauer angesehen, den Teil, der von einem Gitter umzäunt ist. Wegen des Regens waren nur wenige Leute dort. Auf einer Bank auf der anderen Seite habe ich einen Mann bemerkt. Ich war ziemlich sicher, dass ich ihn erkannt habe. Er trug einen alten braunen Hut, einen Regenmantel und einen dunklen Anzug.

Ich bin auf ihn zugegangen, aber ich hatte noch keine zehn Schritte getan, da stand er auf und verschwand in der Rue de Birague.

Ich lief los, was zwei alte Damen, die sich unter

einem Schirm unterhielten, überrascht hat. Als ich in die Rue Saint-Antoine kam, war er wie vom Erdboden verschluckt. Es sieht so aus, als würde er Ihnen überallhin folgen. Vielleicht will er sich überzeugen, dass Sie die Ermittlungen fortsetzen.«

»Er weiß wahrscheinlich mehr über den Fall als ich. Wenn er nur reden würde! Hast du einen Wagen da?«

»Ich bin mit dem Bus gekommen.«

»Gut, dann nehmen wir den Bus.«

Und Maigret steckte die Hände tief in die Taschen.

5

Sie gingen, anders als Maigret es sich vorgestellt hatte, doch nicht ins Kino.

Am Morgen prasselte dichter Regen auf die Straßen, und der Boulevard Richard-Lenoir war nahezu leergefegt. Erst als es Zeit war, zur Messe zu gehen, waren schemenhaft ein paar Gestalten zu sehen, die sich unter Schirmen an den Häusern entlangdrückten, und gegen zehn Uhr begann es zu stürmen.

Um diese Zeit beschloss auch der Kommissar, sich anzuziehen, was selten vorkam. Bis dahin war er im Pyjama und Morgenrock gewesen und hatte nichts Bestimmtes getan.

Er hatte wieder Temperatur, nicht viel, 37,6, aber ausreichend, um sich träge und schlaff zu fühlen. Madame Maigret nutzte die Gelegenheit, um ihn zu verwöhnen, und immer wenn sie ihm etwas Gutes brachte, tat er brummig.

»Was gibt's zu Mittag?«

»Braten mit Sellerie und Püree.«

Wie in seiner Kindheit. Der Sonntagsbraten. Damals mochte er ihn am liebsten, wenn er sehr lange gegart war. Im Laufe des Tages gab es noch manches, was ihn an seine Kindheit erinnerte.

Sie hatten sich in der Wohnung verkrochen und sahen hinaus in den Regen. Gegen Mittag murmelte Maigret zögernd:

»Ich glaube, ich genehmige mir ein Gläschen Pflaumenschnaps.«

Sie riet ihm nicht ab, und er öffnete das Buffet. Er hatte die Wahl zwischen Pflaumenschnaps und Himbeergeist. Beides kam von seiner Schwägerin im Elsass. Der Himbeergeist hatte ein kräftigeres Aroma. Man musste nur einen winzigen Schluck nehmen, ihn einen Augenblick im Mund behalten, und schmeckte den Himbeergeist noch eine halbe Stunde später.

»Möchtest du nicht auch einen Schluck?«

»Nein. Du weißt doch, ich werde so müde davon.«

Umgeben von guten Düften und kaum beeinträchtigt durch seine Erkältung, blätterte er die Wochenzeitungen durch, für die er noch keine Zeit gehabt hatte.

»Seltsam, in gewissen Kreisen gibt es keine moralischen Grundsätze mehr …«

Sie fragte ihn nicht, worauf er damit anspielte. Trotz allem und gegen seinen Willen war er weiter in den Fall Chabut vertieft, und so machte er mehrmals kleine Bemerkungen, die sich darauf bezogen.

»Wenn gut hundert Leute mehr oder weniger das Verlangen haben, einen anderen umzubringen ...«

Wer war der kleine hinkende Mann, der so geschickt in der Menge untertauchte?

Und warum war er fast immer schon an dem Ort, an den sich Maigret begab?

Der Kommissar hielt in seinem Sessel Mittagsschlaf. Als er die Augen aufschlug, war seine Frau mit einer Näharbeit beschäftigt. Es war ihr unerträglich, nichts zu tun.

»Ich habe länger geschlafen, als ich wollte.«

»Das tut dir nur gut.«

»Wenn ich nicht noch die Grippe bekomme ...«

Er stellte den Fernsehapparat an. Es wurde ein Western gezeigt, den er sich nicht ohne Vergnügen ansah. Natürlich gab es einen Schurken, und der besaß durchaus Ähnlichkeit mit Chabut. Auch er wollte sich und anderen beweisen, wie stark er war, und demütigte deshalb seine Mitmenschen.

Als der Film zu Ende war, dachte Maigret an die Begegnung tags zuvor in der Wohnung an der Place des Vosges und murmelte:

»Merkwürdige Frau.«

»Wer wird die Firma leiten?«

»Sie.«

»Hat sie denn Erfahrung?«

»Kaum. Aber sie wird sich schnell hineinfinden, ich bin überzeugt, dass sie es schafft. Ich wette sogar, es vergeht kein Jahr, und sie setzt Monsieur Louceck vor die Tür.«

Er las einen Artikel über das Leben am Meeresgrund, als ihm plötzlich ein Gedanke kam. Was hatte die Heuschrecke über den Buchhalter gesagt? Dass er neu in der Firma sei, erst seit einigen Monaten dort arbeite. War sein Vorgänger von sich aus gegangen, oder war er entlassen worden?

Er hätte die Antwort gern sofort gehabt. Die Frage ließ ihn nicht los, und so suchte er im Telefonbuch die Nummer der jungen Frau heraus.

Er ließ es lange läuten, aber niemand hob ab. Die Heuschrecke und ihre Mutter waren vermutlich ins Kino gegangen oder bei Verwandten. Um halb acht rief er noch einmal an, wieder vergeblich.

»Glaubst du, sie weiß etwas?«

»Sie wird nicht gedacht haben, dass es wichtig sein könnte. Deshalb hat sie es nicht erwähnt. Vielleicht ist es eine falsche Fährte. Ich bin nur im Augenblick so darauf aus ...«

Trotz allem war es ein schöner Sonntag. Zum Abendessen gab es kalten Braten und Käse, und um zehn Uhr lagen sie beide im Bett.

Anstatt am nächsten Morgen zum Quai des Orfèvres zu gehen, rief er dort an und bat Lapointe, ihn mit dem Wagen abzuholen.

»Haben Sie sich ausgeruht, Chef?«

»Ich habe genau genommen den ganzen Tag meinen Sessel nicht verlassen. Ich fürchte, dabei bin ich etwas eingerostet. Zum Quai de Charenton, mein Lieber.«

Zwar waren alle Angestellten anwesend, aber es war kein Eifer, kaum eine Aktivität zu bemerken. Nur im Hof rollten Männer Weinfässer hin und her. Zum Schutz vor dem Regen trugen sie Tüten auf dem Kopf.

»Unterhalte du dich doch ein bisschen mit dem Buchhalter.«

Maigret ging die Treppe hinauf, klopfte, und die Heuschrecke lächelte ihn offen und ein wenig belustigt an.

»Sie waren nicht bei der Beerdigung?«, fragte er.

»Die Angestellten wurden gebeten, nicht hinzugehen.«

»Von wem?«

»Monsieur Louceck. Er hat die Anweisung herumgehen lassen.«

»Mir ist gestern etwas eingefallen. Sie haben mir doch gesagt, der Buchhalter sei hier noch neu.«

»Er ist seit dem ersten Juli hier. Komisch, dass Sie gerade heute davon sprechen.«

»Warum?«

»Weil ich gestern im Kino daran gedacht und mir vorgenommen habe, dass ich Ihnen bei Ihrem nächsten Besuch davon erzähle. Ich meine, von dem früheren Buchhalter, Gilbert Pigou. Er ist schon im Juni ausgeschieden, Ende Juni, wenn ich mich nicht irre. Deshalb fand ich es unnötig, ihn zu erwähnen.«

Maigret saß auf dem Drehstuhl von Oscar Chabut. Ihm gegenüber hatte die Heuschrecke ihre langen Beine übereinandergeschlagen. Da sie einen Minirock trug, konnte man viel von ihren Oberschenkeln sehen.

»Ist er von sich aus gegangen?«

»Nein.«

»Was war er für ein Mensch?«

»Er war vollkommen unscheinbar, unauffällig. Sie waren ja unten im Büro, das auf den Hof geht. Wir nennen es Buchhaltung, aber die eigentliche Buchhaltung wird in der Avenue de l'Opéra gemacht. Er hatte nur mit Kleinigkeiten zu tun.«

»Ist er verheiratet?«

»Ich glaube, ja. Ich bin mir sogar sicher. Ich weiß noch, dass er eines Tages angerufen hat und sagte, er könne nicht kommen, weil seine Frau operiert werden müsse. Eine Blinddarmentzündung, wenn ich mich nicht täusche.

Er war ziemlich einsilbig, als hätte er Angst vor den Menschen, und machte sich so klein wie möglich.«

»War er ein guter Angestellter?«

»Seine Aufgaben verlangten keinerlei Eigeninitiative. Es war reine Routinearbeit.«

»Hat er mit Ihnen geflirtet? Oder mit einem der Schreibfräulein?«

»Dafür war er zu schüchtern. Er hat vor mehr als fünfzehn Jahren hier angefangen, als es mit der Firma bergauf ging. Er war ein armer Kerl.«

»Warum sagen Sie das?«

»Weil ich an seine letzte Unterredung mit dem Chef denke. Ich hätte viel darum gegeben, nicht dabei zu sein. Es war die peinlichste Situation, die ich je erlebt habe. Ich sehe Oscar noch vor mir, wie er morgens um zehn aus der Avenue de l'Opéra kam. Er rieb sich die Hände und sagte:

›Rufen Sie Pigou an. Er soll heraufkommen.‹

Er schien sich auf das zu freuen, was gleich geschehen würde. Mir war unbehaglich zumute.

›Setzen Sie sich, Monsieur Pigou. Etwas mehr nach links, damit Sie ganz im Licht sind. Ich hasse es, wenn ich mit Leuten spreche, die ich nur verschwommen sehe. Wie geht es Ihnen?‹

›Danke, gut.‹

›Ihrer Frau auch?‹

›Ja.‹

›Arbeitet sie noch in der Rue Saint-Honoré – bei einem Herrenausstatter, wenn ich mich recht erinnere?‹«

Die Heuschrecke unterbrach ihren Bericht und sagte:

»Er hatte ein erstaunliches Gedächtnis für Menschen und die kleinsten Details. Er hatte Madame Pigou nie gesehen, aber er wusste noch, dass sie Verkäuferin bei einem Herrenausstatter in der Rue Saint-Honoré war.

›Meine Frau arbeitet nicht mehr.‹

›Das ist bedauerlich.‹

Der Buchhalter blickte ihn verwirrt an, und Chabut sagte mit größter Ruhe:

›Sie sind entlassen, Monsieur Pigou. Dies ist Ihr letzter Vormittag hier. Da ich nicht vorhabe, Ihnen ein Zeugnis auszustellen, werden Sie lange keine andere Arbeit finden.‹

Er spielte Katz und Maus mit ihm, und das tat mir weh.

Pigou saß auf der Stuhlkante. Er wusste nicht, wie er sich verhalten sollte oder wohin mit seinen Händen. Man sah ihm an, dass er große Angst hatte, und ich dachte, er bricht gleich in Tränen aus.

›Wissen Sie, Monsieur Pigou, wenn man schon ein Betrüger sein will, dann doch bitte einer mit Format und Schneid.‹

Der Buchhalter wand sich noch ein wenig, hob die Hand, öffnete den Mund, um etwas zu sagen.

›Hier, sehen Sie sich diese Liste an. Ich habe eine Kopie davon. Es ist eine Aufstellung der Beträge, die Sie mir in den letzten drei Jahren gestohlen haben.‹

›Ich arbeite seit fünfzehn Jahren …‹

›Für mich, ja, das stimmt. Und ich frage mich, warum Sie mit Ihren Betrügereien erst vor drei Jahren begonnen haben.‹

Tränen liefen Pigou über die Wangen. Er war leichenblass geworden. Er wollte aufstehen, aber Chabut befahl ihm:

›Bleiben Sie sitzen. Ich finde es grässlich, mit Leuten zu sprechen, die stehen. In den drei Jahren haben Sie mir, wie Sie der Aufstellung entnehmen können, dreitausendachthundertfünfundvierzig Franc gestohlen. In kleinen Beträgen. Anfangs immer fünfzig Franc, fast jeden Monat. Dann fünfundsiebzig. Dann einmal sehr viel mehr: fünfhundert Franc.‹

›Das war zu Weihnachten.‹

›Na und?‹

›Ich habe das als mein Weihnachtsgeld betrachtet.‹

›Ich verstehe nicht?‹

›Meine Frau arbeitete nicht mehr. Sie ist nicht gesund.‹

›Wollen Sie behaupten, Sie hätten mich Ihrer Frau wegen bestohlen?‹

›Es ist die Wahrheit. Sie machte mir pausenlos Vorwürfe, sagte immer wieder, dass ich keinen Ehrgeiz hätte, dass meine Arbeitgeber mich ausnutzten und mir mehr zahlen müssten.‹

›Tatsächlich?‹

›Sie wollte, dass ich eine Gehaltserhöhung verlange.‹

›Und Sie hatten nicht den Mumm dazu.‹

›Es hätte nichts genützt, nicht wahr?‹

›Allerdings. Angestellte wie Sie findet man überall, arme Teufel ohne besondere Kenntnisse und ohne Initiative.‹

Pigou rührte sich nicht, starrte nur auf den Schreibtisch.

›Ich habe Liliane gesagt, ich hätte eine Gehaltserhöhung gefordert und würde monatlich fünfzig Franc mehr bekommen. Sie meinte, mein Chef habe ja nicht gerade viel springen lassen. Aber es sei immerhin ein Anfang.‹«

Die Heuschrecke unterbrach ihren Bericht erneut.

»Die Situation wurde immer unangenehmer. Je wehrloser sich der Buchhalter zeigte, desto triumphierender blickte der Chef.

›Und im letzten Jahr bekamen Sie bereits hundert Franc mehr, und vorige Weihnachten habe ich Ihnen angeblich ganze fünfhundert Franc gegeben. Zumindest für Ihre Frau waren Sie inzwischen ein unentbehrlicher Mitarbeiter geworden, nehme ich an?‹

›Bitte verzeihen Sie mir.‹

›Zu spät, Monsieur Pigou. Für mich existieren Sie nicht mehr. Mag sein, dass Monsieur Louceck eines

Tages beschließt, mich zu bestehlen. Ich traue ihm nicht mehr als irgendjemandem sonst. Vielleicht tut er es schon, aber er ist so intelligent, dass keiner es merkt. Und er wird nicht kleine Summen entwenden, um seine Frau glauben zu machen, er sei ein Prachtkerl. Er wird mich um große Summen betrügen, und ich muss dann, schätze ich, meinen Hut vor ihm ziehen.

Wissen Sie, Monsieur Pigou, Sie sind erbärmlich. Sie sind es immer gewesen und werden es Ihr Leben lang bleiben, ein erbärmlicher, ein mickriger Feigling. Kommen Sie bitte mal her.‹

Als ich sah, wie Chabut aufstand, hätte ich fast ›Nein!‹ geschrien.

Pigou ging zu ihm, wollte schon einen Arm heben, um sein Gesicht zu schützen, aber Oscar war schneller und gab dem Buchhalter eine Ohrfeige.

›So, das ist dafür, dass Sie mich für dumm verkauft haben.

Ich könnte Sie der Polizei übergeben. Aber was hätte ich davon? Sie gehen jetzt zum letzten Mal durch diese Tür, nehmen Ihre Sachen und verschwinden. Sie sind ein Stück Dreck, Monsieur Pigou, und was noch schlimmer ist, Sie sind ein Schwachkopf.‹«

Die Heuschrecke verstummte.

»Ist er gegangen?«

»Was blieb ihm anderes übrig? Er hat sogar

seinen Füller in der Schublade vergessen. Er liegt immer noch da.«

»Haben Sie je wieder etwas von ihm gehört?«

»In den ersten Monaten nicht.«

»Hat seine Frau nicht angerufen?«

»Erst im September oder Oktober. Da kam sie her.«

»Hat Chabut sie empfangen?«

»Sie war schon im Büro, als er kam. Sie wollte von mir wissen, ob ihr Mann noch hier arbeitete.

›Hat er Ihnen nicht gesagt, dass er schon seit Juni nicht mehr in der Firma ist?‹

›Nein. Er ist jeden Morgen zur gleichen Zeit fortgegangen und nachmittags zur gleichen Zeit wiedergekommen, und am Ende des Monats hat er mir dann sein Gehalt gegeben. Er hat behauptet, er habe zu viel zu tun, um im Sommer Urlaub machen zu können.

›Wir holen das im Winter nach. Ich wollte schon immer mal zum Wintersport fahren‹, hat er gesagt.‹

›Und das hat Sie nicht gewundert?‹

›Wissen Sie, ich habe mich so wenig mit ihm beschäftigt …‹

Sie sah viel besser aus, als ich erwartet hatte, eine gute Figur, sehr zierlich. Und sie war hübsch angezogen.

›Ich hatte gehofft, Sie wüssten, wo mein Mann ist. Er ist seit zwei Monaten verschwunden.‹

›Und da kommen Sie erst jetzt?‹

›Ich habe mir gesagt, eines Tages wird er schon wieder auftauchen.‹

Sie wirkte unbekümmert, in ihren dunkelbraunen Augen spielte sich nicht viel ab.

›Aber jetzt weiß ich nicht mehr weiter …‹

Chabut kam herein, musterte sie von Kopf bis Fuß und fragte dann mich:

›Wer ist das?‹

›Madame Pigou‹, antwortete ich notgedrungen.

›Was will sie?‹

›Sie dachte, dass ihr Mann hier noch arbeitet. Er ist verschwunden.‹

›Sieh einer an!‹

›Zwei oder drei Monate lang hat er ihr noch Geld in Höhe seines Gehalts gegeben.‹

Er sah Madame Pigou ins Gesicht.

›Haben Sie nichts bemerkt? Ich weiß nicht, wo Ihr Mann das Geld aufgetrieben hat, aber es kann nicht leicht gewesen sein. Wissen Sie nicht, dass er ein Dieb ist? Ein jämmerlicher kleiner Dieb. Er hat Ihnen vorgemacht, er hätte eine Gehaltserhöhung bekommen. Wenn er sich zu Hause nicht mehr blicken lässt, dann wahrscheinlich, weil er am Ende ist.‹

›Wie meinen Sie das?‹

›Ein oder zwei Monate kann man sich noch über Wasser halten, aber es kommt der Moment, wo man endgültig untergeht.‹

›Lassen Sie uns bitte allein, Anne-Marie!‹

Ich ahnte schon, was geschehen würde. Es hat mich angewidert. Ich bin zum Luftschnappen in den Hof gegangen, und eine halbe Stunde später hab ich sie herauskommen sehen. Sie hat zwar den Kopf weggedreht, als sie an mir vorbeiging, aber ich habe trotzdem erkannt, dass ihr Lippenstift ganz verschmiert war.«

Maigret schwieg. Er stopfte gemächlich seine Pfeife und steckte sie ebenso gemächlich an. Schließlich murmelte er:

»Darf ich Ihnen eine Frage stellen, meine Liebe, obwohl es mich eigentlich nichts angeht?«

Sie sah ihn etwas beunruhigt an.

»Warum haben Sie das Verhältnis nicht beendet, obwohl Sie ihn so gut kannten?«

Sie nahm es zunächst leicht.

»Er oder ein anderer … Ich brauchte schließlich jemanden.«

Dann wurde sie ernst: »Bei mir war er ein anderer Mensch. Da hatte er nie das Bedürfnis, anzugeben oder sich aufzuspielen. Im Gegenteil, er zeigte sich von seiner verletzlichen Seite.

›Vielleicht, weil du nicht wichtig bist. Du bist nur ein einfaches Mädchen und erhoffst dir auch nicht irgendeinen Vorteil.‹

Er hatte große Angst vor dem Tod. Als ahnte er schon, was geschehen würde.

›Einer dieser Feiglinge wird sich eines Tages bestimmt rächen!‹

›Warum tun Sie alles dafür, dass man Sie hasst?‹

›Wenn man mich schon nicht liebt, dann soll man mich wenigstens richtig hassen.‹«

Sie schloss, weniger lebhaft:

»Das ist alles. Von Pigou habe ich nie wieder etwas gehört. Ich weiß nicht, was aus ihm geworden ist. Ich bin gar nicht auf die Idee gekommen, Ihnen von ihm zu erzählen. Es war eine alte Geschichte. Gestern im Kino ist mir dann plötzlich diese Ohrfeige eingefallen ...«

Kurz darauf ging Maigret die Treppe zum Büro des Buchhalters hinunter, klopfte und trat ein. Lapointe unterhielt sich gerade mit einem jungen Mann in einem dunklen, schlecht sitzenden Anzug.

»Darf ich Ihnen Monsieur Jacques Riolle vorstellen, Chef?«

»Wir kennen uns.«

»Stimmt, ja. Das hatte ich vergessen.«

Voller Ehrfurcht erhob sich Riolle. Sein Büro war das dunkelste und tristeste im ganzen Haus. Aus unerfindlichem Grund roch es hier auch am stärksten nach Wein. Auf Regalen standen grüne Aktenordner aufgereiht wie in einer Kanzlei in der Provinz. Ein riesiger altmodischer Tresor thronte zwischen den beiden Fenstern, und die Möbel, offenbar Gelegenheitskäufe, waren übersät mit Tintenflecken und sogar Kerben wie Schülerpulte.

Eingeschüchtert trat Riolle von einem Bein aufs andere, und Maigret meinte, er hätte den jungen Gilbert Pigou vor sich.

»Bist du so weit, Lapointe?«

»Ich habe nur auf Sie gewartet, Chef.«

Sie verabschiedeten sich von dem jungen Mann und saßen wenig später wieder in dem kleinen schwarzen Auto.

Lapointe seufzte:

»Ich dachte schon, Sie kommen gar nicht mehr. Die Zeit wird einem ziemlich lang mit einem so trübseligen und wortkargen Menschen.

Er hat mir aber schließlich doch einiges anvertraut. Er ist nicht als Buchhalter ausgebildet, besucht aber Abendkurse und hofft, in zwei Jahren sein Diplom zu haben. Er ist mit einem jungen Mädchen aus seinem Heimatort verlobt. Er kommt aus Nevers. Sie können erst heiraten, wenn sein Gehalt erhöht wird, denn er verdient noch nicht genug, um einen Hausstand zu gründen.«

»Wohnt sie weiter in Nevers?«

»Ja, sie lebt bei ihren Eltern und arbeitet in einem Kurzwarengeschäft. Er besucht sie einmal im Monat.«

Maigret merkte, dass Lapointe ganz automatisch Richtung Quai des Orfèvres fuhr.

»Bring mich bitte erst in die Rue Froidevaux 57.«

Sie fuhren über den Boulevard Saint-Michel und bogen dann rechts ab, in Richtung Friedhof Montparnasse.

»Hat der junge Riolle seinen Vorgänger gekannt?«

»Nein. Er hat sich auf eine Anzeige hin beworben, und Chabut selbst hat ihn eingestellt.«

»Und sich davon überzeugt, dass er ein armer Teufel ist.«

»Was wollen Sie damit sagen?«

»Dass er sich mit Ausnahme von Louceck nur mit schwachen Menschen umgab, Menschen, die sich mit ihrem Los abgefunden haben und die er verachten konnte. Denn er hat sie alle verachtet. Die Männer ebenso wie die Frauen, seine Angestellten ebenso wie seine Freunde. Ich bin überzeugt, er schlief nur darum mit so vielen Frauen, weil er sie beherrschen, ja beschmutzen wollte.«

»Wir sind da, Chef.«

»Vielleicht ist es besser, du kommst nicht mit hinauf. Ich möchte zu Madame Pigou. Wenn wir zu zweit auftauchen, wirkt es so offiziell und schüchtert sie möglicherweise ein. Du kannst da drüben in der kleinen Bar auf mich warten.«

Er öffnete die Tür zur Conciergeloge.

»Wo finde ich Madame Pigou?«

»Vierter Stock links.«

»Ist sie zu Hause?«

»Ich habe sie nicht fortgehen sehen. Sie müsste da sein.«

Es gab keinen Fahrstuhl. Er stieg die vier Treppen hinauf und musste ein paar Verschnaufpausen einlegen. Das Haus war sauber, in gutem Zustand, das Treppenhaus nicht zu dunkel. Im ersten Stock hörte er ein Radio. Im zweiten Stock saß ein vier- oder fünfjähriger Junge auf einer Stufe und spielte mit einem Modellauto.

Im vierten klopfte er an die Tür, denn er sah keinen Klingelknopf. Er wartete eine Weile und klopfte erneut, missmutig bei dem Gedanken, vielleicht wiederkommen zu müssen. Er legte das Ohr an die Tür und hörte nichts. Trotzdem klopfte er ein drittes Mal und zwar so kräftig, dass die Tür in den Angeln zitterte. Dieses Mal näherten sich Schritte, leise schlurfend, als trüge die Person Pantoffeln.

»Was ist?«

»Ich möchte zu Madame Pigou.«

»Einen Augenblick.«

Es dauerte etwas mehr als eine Minute, dann öffnete sich die Tür einen Spaltbreit. Eine junge Frau, die ihren Morgenrock zuhielt, musterte ihn neugierig.

»Was verkaufen Sie?«

»Ich verkaufe nichts. Ich möchte mich nur mit Ihnen unterhalten. Ich bin Kommissar Maigret von der Kriminalpolizei.«

Sie zögerte und machte schließlich die Tür ganz auf.

»Treten Sie ein. Ich habe mich nicht wohlgefühlt und mich etwas hingelegt.«

Auf dem Weg ins Wohnzimmer schloss sie die Tür zum Schlafzimmer, in dem Maigret gerade noch das ungemachte Bett hatte sehen können.

»Nehmen Sie Platz«, sagte sie und deutete auf einen Stuhl.

Aus dem Fenster sah man den Friedhof und die hohen Bäume der Allee. Die Möbel in rustikalem Stil, wie es in Katalogen hieß, stammten sicher aus einem Kaufhaus am Boulevard Barbès.

Auf einem Tischchen stand ein Plattenspieler, und auf dem Diwan daneben lagen Schallplatten verstreut. Es sah aus, als würde Liliane oft dort liegen und Musik hören. Ein Aschenbecher war voll mit Zigarettenstummeln.

»Kommen Sie wegen meines Mannes?«

»Ja und nein. Haben Sie etwas von ihm gehört?«

»Immer noch nicht. Ich war in seinem Büro, und da habe ich erfahren, dass er seit einem halben Jahr nicht mehr dort war.«

»Wann hat er Sie verlassen?«

»Vor zwei Monaten. Es war Ende September. An dem Tag hätte er sein Gehalt nach Hause bringen müssen.«

Sie saß auf der Lehne eines Sessels, und immer

wenn ihr Morgenrock sich öffnete, war ihr bonbonrosa Nachthemd zu sehen. Aber das kümmerte sie nicht. Zu Hause trug sie vermutlich nie etwas anderes.

»Sind Sie schon lange verheiratet?«

»Acht Jahre. Er kam zufällig in das Geschäft, in dem ich arbeitete, um eine Krawatte zu kaufen. Er hat sehr lange gesucht, bis er die richtige fand. Er wirkte verschüchtert. Als ich am Abend aus dem Geschäft kam, ist er mir nachgegangen. Vier oder fünf Tage ging das so, ehe er es wagte, mich anzusprechen.«

»Wohnte er da bereits in dieser Wohnung?«

»Nein. Er wohnte in einer Pension im Quartier Latin. Schon nach drei Wochen hat er mir einen Heiratsantrag gemacht. Ich war nicht allzu begeistert. Er war ein netter Junge, aber nicht eben umwerfend.«

»Sie waren nicht verliebt?«

Sie blickte ihn an, während sie den Rauch ihrer Zigarette ausstieß.

»Gibt es das? Wissen Sie, ich glaube nicht recht daran.«

»Eine Frage, Madame Pigou. Hinkt Ihr Mann ein wenig?«

»Seit er von einem Auto angefahren wurde, ist seine Kniescheibe kaputt. Wenn er schnell geht, zieht er das linke Bein etwas nach.«

»Wann war dieser Unfall?«

»Vor unserer Zeit.«

»Und seit wann kennen Sie ihn?«

»Seit acht Jahren. Einen Monat sogenannte Verlobungszeit und dann Eheleben.«

»Haben Sie weiter gearbeitet?«

»Drei Jahre lang. Aber das konnte so nicht weitergehen. Morgens musste ich das Frühstück machen und die Wohnung ein wenig aufräumen. Mittags trafen wir uns in einem Restaurant zum Essen, und abends musste ich Besorgungen machen, kochen, mich um den Haushalt kümmern. Das war kein Leben.«

Er blickte auf den mit Schallplatten und Zeitschriften bedeckten Diwan und den Aschenbecher mit den Zigarettenstummeln. Ganz bestimmt war das ihr Lieblingsplatz. Vielleicht hatte sie dort auch geschlafen, als er an die Tür geklopft hatte.

Ob sie Liebhaber hatte? Er hätte es schwören können – aus lauter Langeweile und einer Art romantischer Veranlagung.

Ihr Gesicht hatte einen schmollenden Ausdruck, der ihrem Charakter zu entsprechen schien.

»Haben Sie keinerlei Verdacht geschöpft, bis Ihr Mann verschwand?«

»Nein. Ich weiß nicht, ob er woanders gearbeitet hat, aber er verließ das Haus immer zur gleichen Zeit und kam auch immer zur gleichen Zeit zurück.«

»Und er gab Ihnen am Ende des Monats immer die gleiche Summe?«

»Ja. Ich ließ ihm jeden Monat vierzig Franc für seine Zigaretten und andere kleine Ausgaben.«

»Waren Sie nicht besorgt, als er nicht wiederkam?«

»Eigentlich nicht. Ich mache mir nicht so schnell Sorgen. Ich habe bei ihm in der Firma angerufen. Ein Mann meldete sich. Ich sagte, ich würde gern meinen Mann sprechen.

›Der ist nicht da‹, hat er geantwortet.

›Wissen Sie, wann er wiederkommt?‹

›Nein, das weiß ich nicht. Ich habe ihn lange nicht gesehen.‹

Er hat wieder aufgelegt. Da wurde ich dann doch ein wenig unruhig. Ich habe mich auf dem Kommissariat erkundigt, ob man dort etwas über ihn wusste, ob er zum Beispiel einen Unfall hatte.«

Besonders nachdrücklich hatte sie sich bestimmt nicht erkundigt.

»Wissen Sie, wo er ist?«, fragte sie.

»Nein. Deswegen bin ich ja hier. Sie haben keine Ahnung, wo er sich verstecken könnte?«

»Bestimmt nicht bei seinem Vater. Der wohnt seit fast fünfzig Jahren in der Rue d'Alésia. Dort in der Wohnung wurde Gilbert auch geboren. Er hat sein Viertel praktisch nie verlassen. Seine Mutter ist tot, der Vater pensioniert. Er war Kassierer in einer Filiale des Crédit Lyonnais.«

»Verstanden sich die beiden gut?«

»Bis Gilbert mich heiratete. Ich glaube, sein Vater konnte mich nicht riechen. Gilbert hielt natürlich zu mir, deshalb war ihr Verhältnis in den letzten Jahren angespannt.«

»Haben Sie dem Vater vom Verschwinden Ihres Mannes erzählt?«

»Nein, wozu? Sie sahen sich schließlich nur einmal im Jahr, am ersten Januar. Wir gingen zusammen hin und bekamen ein Glas Portwein mit einem Keks serviert. Es roch dort wie in einer Junggesellenwohnung.«

»Wie erklären Sie sich, dass Ihr Mann noch drei Monate lang das Gehalt zu Hause abgab, obwohl er seine Stellung nicht mehr hatte?«

»Wahrscheinlich arbeitete er woanders.«

»Sie haben keine Ersparnisse?«

»Nur Schulden! Der Kühlschrank ist nicht ganz bezahlt, und ich konnte gerade noch die Geschirrspülmaschine abbestellen, die im September geliefert werden sollte.«

»Besaß er keine Wertgegenstände?«

»Bestimmt nicht. Selbst die Ringe, die er mir geschenkt hat, sind unecht. Aber Sie haben mir immer noch nicht gesagt, warum Sie sich mit ihm befassen.«

»Er wurde Ende Juni vor die Tür gesetzt, nachdem sein Chef entdeckt hatte, dass er seit drei

Jahren mehr oder weniger geschickt in die Kasse gegriffen hatte.«

»Hatte er eine Geliebte?«

»Nein. Er begnügte sich mit kleinen Beträgen. Zu Anfang fünfzig Franc monatlich.«

»War das etwa seine Gehaltserhöhung?«

»Ja. Sie haben ihn immer wieder aufgefordert, mit Monsieur Chabut zu sprechen, und da er nicht den Mut dazu hatte – es hätte im Übrigen auch nichts gebracht –, fing er an, die Bücher zu fälschen. Aus fünfzig Franc wurden hundert, und dann, Weihnachten …«

»Die fünfhundert Franc Weihnachtsgeld!«

Sie zuckte mit den Schultern.

»Was für ein Idiot! Das hat er jetzt davon. Ich kann nur für ihn hoffen, dass er eine andere Stellung gefunden hat.«

»Das bezweifle ich.«

»Warum?«

»Weil ich ihn mehrmals auf der Straße gesehen habe, zu verschiedenen Tageszeiten. Wenn in den Büros und Geschäften gearbeitet wird.«

»Hat er etwas verbrochen? Sie haben doch einen Grund, nach ihm zu suchen.«

»Oscar Chabut wurde am vergangenen Mittwoch von einem Mann erschossen, der ihm vor einem Stundenhotel in der Rue Fortuny aufgelauert hat. Besaß Ihr Mann eine Pistole?«

»Eine kleine schwarze Automatik, ja. Ein Freund hat sie ihm geschenkt, als er noch beim Militär war.«

»Ist sie hier?«

Sie stand auf und schlurfte in ihren Pantoffeln ins Schlafzimmer. Man hörte sie Schubladen aufziehen und zuschieben.

»Ich kann sie nirgends finden. Er hat sie wohl mitgenommen. Soweit ich weiß, hat er sie nie benutzt. Und ich frage mich, ob er überhaupt Patronen hatte. Ich kann mich nicht erinnern, je welche gesehen zu haben.«

Sie zündete sich eine neue Zigarette an und setzte sich jetzt richtig in den Sessel.

»Glauben Sie wirklich, er wäre fähig, seinen Chef umzubringen?«

»Der hat ihn grausam behandelt und ihm sogar einmal eine Ohrfeige gegeben.«

»Ich kenne ihn. Also, ich bin ihm begegnet. Mich erstaunt das nicht. Ein rücksichtsloser Kerl.«

»Hat er Ihnen nicht erzählt, was passiert war?«

»Nein. Er hat mir nur gesagt, er sei froh, meinen Mann los zu sein, und ich solle ebenfalls froh sein.«

»Hat er Ihnen Geld gegeben?«

»Warum fragen Sie das?«

»Weil es zu ihm passen würde. Ich kann mir vorstellen, was zwischen Ihnen gewesen ist.«

»Sie haben wirklich Fantasie.«

»Nein. Aber ich weiß, wie er mit Frauen umging.«

»Wollen Sie damit sagen, er hat sie alle so behandelt?«

»Ja. Hat er sich mit Ihnen verabredet?«

»Er ließ sich meine Telefonnummer geben.«

»Aber er hat Sie nie angerufen?«

»Nein.«

»Sie haben meine Frage nach dem Geld noch nicht beantwortet.«

»Er hat mir einen Tausendfrancschein gegeben.«

»Und wie kommen Sie jetzt zurecht?«

»Ich versuche alles Mögliche, bewerbe mich auf Stellenanzeigen, aber bisher ohne Erfolg.«

Maigret stand auf, mit steifen Gliedern und schweißnasser Stirn.

»Vielen Dank, dass Sie sich die Zeit genommen haben.«

»Da Sie ihn, wie Sie sagen, mehrmals gesehen haben, werden Sie ihn doch finden können.«

»Wenn er mir wieder über den Weg läuft und nicht in der Menge untertaucht, wie er es bisher getan hat.«

»Wie wirkt er?«

»Wie jemand, der müde ist und nachts kein Bett hat. Hat er Freunde in Paris?«

»Ich kenne keine. Wir verkehrten nur mit meiner Freundin Nadine. Sie lebt mit einem Musiker zusammen. Die beiden kamen manchmal abends zu uns. Wir haben ein oder zwei Flaschen Wein gekauft, und Nadines Freund hat uns auf der elektrischen Gitarre vorgespielt.«

Sie hatte wohl auch mit dem Musiker geschlafen und noch mit vielen anderen.

»Auf Wiedersehen, Madame.«

»Auf Wiedersehen, Herr Kommissar. Wenn Sie etwas hören, geben Sie mir bitte Bescheid. Immerhin ist er mein Mann. Wenn er wirklich jemanden umgebracht hat, wüsste ich das gern. Als Scheidungsgrund müsste das doch genügen, nicht wahr?«

»Ich denke schon.«

Er schrieb sich die Adresse von Pigous Vater in der Rue d' Alésia auf und ging zu Lapointe in die kleine Bar. Der las die Nachmittagszeitung.

»Nun, Chef?«

»Ein kleines Luder. Ich bin selten so vielen unangenehmen Menschen während einer Ermittlung begegnet. Einen Rum bitte, Garçon!«

»Nichts, was uns weiterhelfen könnte?«

»Nein. Sie hat sich nie um ihn gekümmert. Sobald es ging, hat sie aufgehört zu arbeiten, und wenn ich es richtig sehe, verbringt sie ihre Tage damit, sich auf dem Diwan zu lümmeln, Schallplatten zu hören, eine Zigarette nach der anderen zu rauchen und in Illustrierten zu blättern. Bestimmt weiß sie alles über das Privatleben der Filmstars. Als ihr

Mann verschwunden ist, war sie kaum in Sorge, und als ich ihr sagte, dass er vielleicht jemanden getötet hat, fragte sie nur, ob das als Scheidungsgrund ausreichen würde.«

»Wie machen wir jetzt weiter?«

»Du fährst mich in die Rue d'Alésia. Ich möchte mich kurz mit dem Vater unterhalten.«

»Mit ihrem Vater?«

»Nein, mit seinem. Er war Kassierer beim Crédit Lyonnais. Seit der Heirat seines Sohns haben die beiden sich nicht mehr verstanden.«

Das Haus in der Rue d'Alésia war etwas eleganter, und zu Maigrets großer Erleichterung gab es einen Fahrstuhl. Er hatte kaum geklingelt, da wurde schon geöffnet.

»Bitte?«

»Monsieur Pigou?«

»Der bin ich. Sie wünschen?«

»Darf ich eintreten?«

»Sie wollen mir doch wohl kein Lexikon verkaufen? Allein letzte Woche waren vier Leute hier.«

»Kommissar Maigret von der Kriminalpolizei.«

Es roch nach Bohnerwachs. Die Wohnung war blitzblank und sehr ordentlich.

»Nehmen Sie bitte Platz.«

Sie befanden sich in einem kleinen Wohnzimmer, das offenbar selten benutzt wurde. Pigou zog die halbgeschlossenen Vorhänge zurück.

»Sie bringen mir doch hoffentlich keine schlechte Nachricht?«

»Meines Wissens ist Ihrem Sohn nichts zugestoßen. Ich möchte nur wissen, wann Sie ihn zuletzt gesehen haben.«

»Die Frage ist leicht zu beantworten. Am ersten Januar.«

Er lächelte ein wenig bitter.

»Ich habe ihn dummerweise vor der jungen Frau gewarnt, die er partout heiraten wollte. Ich wusste gleich, dass sie nicht die Richtige war. Er war sehr aufbrausend und nannte mich einen alten Egoisten und Gott weiß was sonst noch. Davor hat er mich jede Woche einmal besucht. Aber dann kam er nicht mehr, und ich habe ihn erst Neujahr wiedergesehen. Seitdem kam er jedes Jahr am ersten Januar mit seiner Frau. Ein reiner Höflichkeitsbesuch.«

»Sind Sie ihm böse?«

»Nein. Er sieht alles mit ihren Augen. Er kann nichts dafür.«

»Hat er Sie nie um Geld gebeten?«

»Sie kennen ihn nicht. Dafür wäre er zu stolz.«

»Auch nicht in den letzten Monaten?«

»Was ist geschehen?«

»Er hat im Juni seine Stellung verloren. Drei Monate lang hat er so getan, als ginge er weiter zum Quai de Charenton, und er brachte immer die gleiche Geldsumme mit.«

»Also hat er eine andere Arbeit gefunden?«

»Meinen Sie nicht, dass das schwierig ist, wenn man über vierzig ist und keine besonderen Kenntnisse hat?«

»Vielleicht. Er muss doch aber …«

» … das Geld irgendwo aufgetrieben haben. Seit Ende September ist er verschwunden.«

»Hat seine Frau ihn nicht mehr gesehen?«

»Nein. Sein ehemaliger Chef, Oscar Chabut, ist mitten auf der Straße von einem Unbekannten mit vier Schüssen niedergestreckt worden.«

»Und Sie glauben, dass …«

»Ich glaube gar nichts, Monsieur Pigou. Ich bin auf der Suche. Ich hatte die Hoffnung, von Ihnen etwas zu erfahren.«

»Ich weiß weniger als Sie. Seine Frau hat es ja nicht einmal für nötig gehalten, mich zu informieren. Glauben Sie, dass er etwas getan hat und sich versteckt?«

»Schon möglich. Ich bin fast sicher, dass ich ihn in den letzten Tagen zwei- oder dreimal gesehen habe. Ich muss auch annehmen, dass er mich zweimal angerufen und mir einen Brief in Blockschrift geschickt hat.«

»Und Sie haben ihm nicht gesagt …«

»Ihm was gesagt? Wenn er tatsächlich auf seinen Chef geschossen hat, dann spielt er mit dem Feuer. Als legte er es darauf an, verhaftet zu werden. Das kommt öfter vor, als man denkt. Er hat keine Bleibe und kein Geld. Er weiß, dass er eines Tages gefasst wird. Er schämt sich nicht, geschossen zu haben. Im Gegenteil. Eher ist er stolz darauf, denn Chabut war ein hassenswerter Mensch.«

»Ich verstehe nicht.«

»Ich halte Sie auf dem Laufenden, Monsieur Pigou. Und sollten Sie etwas von ihm hören, seien Sie so freundlich und rufen Sie mich an.«

»Ich habe Ihnen schon gesagt, es ist sehr unwahrscheinlich, dass er sich an mich wendet.«

»Vielen Dank, dass Sie sich die Zeit genommen haben.«

Lapointe fragte ihn:

»Wusste er etwas?«

»Noch weniger als die Frau. Er hat erst durch mich erfahren, dass sein Sohn verschwunden ist. Ein kleiner, gepflegter, sehr sympathischer alter Mann, der seinen Tag damit verbringt, den Fußboden zu bohnern, die Möbel zu polieren und die Wohnung in Ordnung zu halten. Ich habe keinen Fernsehapparat und auch kein Radio gesehen. Und jetzt zum Quai. Es ist Zeit, dass wir die Sache hinter uns bringen.«

Eine Stunde später hatte Maigret fünf seiner Mitarbeiter in seinem Büro versammelt.

6

Setzt euch, Kinder, ihr könnt natürlich rauchen.«
Maigret steckte sich eine Pfeife an und musterte einen nach dem anderen nachdenklich.

»Ihr alle kennt den Fall im Großen und Ganzen. Seit ich mich mit dem Mord an Oscar Chabut befasse, der erschossen wurde, als er ein gewisses Haus in der Rue Fortuny verließ, interessiert sich ein Mann für meine Ermittlungen. Er ist intelligent, denn er scheint alle meine Schritte vorauszusehen, und versteht es, kaum dass er aufgetaucht ist, geschickt in der Menge zu verschwinden. Es ist mir noch keinmal geglückt, ihn zu stellen.«

Es dämmerte schon, doch niemand hatte Licht gemacht, sodass die Zusammenkunft im Halbdunkel stattfand. Es war sehr warm im Büro. Man hatte zwei Stühle aus dem Zimmer nebenan holen müssen.

»Ich habe keinen Beweis, dass der Mann der Täter ist. Es ist nur eine Vermutung. Aber dass er sich beharrlich benimmt, wie es sonst nur ein Schuldiger tut, spricht dafür.

Seit heute Nachmittag weiß ich, wer er ist, und

kenne auch seine Geschichte, die auf den ersten Blick unglaublich wirkt.

Es handelt sich um den ehemaligen Buchhalter des Weinhändlers. Ein armer Kerl, der wenig verdient.

Er ist seit acht Jahren verheiratet. Seine Frau war Verkäuferin. Allerdings hat sie ihre Stellung bald nach der Heirat aufgegeben und ihm vorgehalten, er verdiene zu wenig. Notieren Sie ihren Namen und ihre Adresse, Lourtie! Ich sage Ihnen gleich, warum. Liliane Pigou, Rue Froidevaux 57. Das ist gegenüber vom Friedhof Montparnasse. Die Dame liegt die meiste Zeit halbnackt auf einem Diwan, hört Schallplatten, raucht eine Zigarette nach der anderen, liest Illustrierte und Comics.

Ich habe euch zusammengerufen, weil ich entschlossen bin, den Mann um jeden Preis zu fassen. Er ist wahrscheinlich bewaffnet, aber ich glaube nicht, dass er schießen wird.

Sie, Janvier, wählen sechs Männer aus. Sie sollen sich paarweise am Quai des Orfèvres ablösen. Der Mann hat mich zweimal angerufen, mir einen ziemlich langen Brief geschrieben und mir mindestens einmal auf dem Gehsteig gegenüber aufgelauert. Leider ist er bislang immer verschwunden, bevor wir ihn schnappen konnten.«

Langsam wurde das Licht im Raum bläulich. Maigret knipste die Schreibtischlampe mit dem grünen Schirm an, nicht aber die Deckenleuchte. So lag bald der Großteil des Raums im Dunkel, gegen das sich die Gesichter abhoben.

»Merkt euch die Personenbeschreibung. Er ist ziemlich klein, weniger als eins siebzig, nicht gerade dick, aber doch füllig und hat ein rundes Gesicht. Er trägt einen dunkelbraunen Anzug und einen zerknitterten Regenmantel. Er raucht Zigaretten. Seit einem Unfall vor ein paar Jahren zieht er das linke Bein ein wenig nach.«

»Braunes Haar?«, fragte Lourtie.

»Ja, braunes Haar, braune Augen und etwas wulstige Lippen. Er wirkt zwar nicht unbedingt wie ein Clochard, aber doch wie jemand, der ziemlich am Ende ist.

Da er so geschickt ist, möchte ich, dass immer zwei Männer Posten beziehen. Verstanden, Janvier?«

»Ja, Chef.«

Maigret wandte sich dem dicken Lourtie zu, der in kurzen Zügen seine Pfeife paffte.

»Was ich eben zu Janvier gesagt habe, gilt auch für Sie. Ihr sollt nicht selbst Wache schieben, sondern dafür sorgen, dass eure Männer es tun und sich regelmäßig ablösen.«

»Wird gemacht.«

»Nun zu Ihnen, Torrence. Auch Sie nehmen sich sechs Männer. Wir gehen jetzt aufs Ganze. Ich will nicht riskieren, dass er uns wieder durch die Finger schlüpft. Ihr Abschnitt ist die Place des Vosges, rund ums Haus der Chabuts. Madame Chabut ist eine schöne Frau um die vierzig, sie trägt elegante Kleidung von den besten Damenschneidern. Sie hat einen Mercedes mit Chauffeur. Gelegentlich benutzt sie auch den Wagen ihres Mannes, einen roten Jaguar Cabrio.«

Wie Schuljungen sahen sie einander an.

»Und jetzt zu dir, Lucas. Du wirst den Quai de Charenton kontrollieren. Heute am Samstag ist gewiss nachmittags niemand in den Büros und in den Lagerräumen. Morgen ebenso wenig. Aber ich weiß nicht, ob die Gebäude bewacht sind.«

»Verstanden, Chef.«

»Ich lasse die Orte überwachen, wo er sich am wahrscheinlichsten zeigt. Er kommt nie ganz nah heran. Man könnte sagen, er ist von unserer Untersuchung fasziniert und versucht mit allen Mitteln zu erraten, was geschieht und was geschehen wird.

Ich frage mich sogar, ob er nicht unbewusst den dunklen Wunsch hegt, gefasst zu werden.«

»Und ich?«, fragte Lapointe.

»Du bleibst hier zu meiner Verfügung, damit du mich jederzeit abholen kannst. Du sammelst auch alle eingehenden Informationen und hältst mich telefonisch auf dem Laufenden.«

Die Inspektoren hielten die Besprechung damit

für beendet und wollten aufstehen, doch Maigret bedeutete ihnen, noch zu bleiben.

»Es gibt da noch ein paar Unklarheiten. Der Mann hat Ende Juni seine Arbeit verloren. Höchstwahrscheinlich hatte er keine Ersparnisse, es sei denn, er hätte sie seiner Frau verheimlicht. Am Monatsende lieferte er sein Gehalt bei ihr ab. Chabut hat ihm das Junigehalt nicht ausgezahlt, um so den Verlust durch die Unterschlagungen teilweise zu decken. Aber am dreißigsten Juni ist Pigou mit dem gleichen Betrag wie sonst nach Hause gekommen.

Bis September ist er morgens zur üblichen Zeit von zu Hause fortgegangen und abends wie sonst zurückgekommen, sodass seine Frau gar nicht wusste, dass er nicht mehr am Quai de Charenton arbeitete.

Vermutlich hat er Arbeit gesucht, aber keine gefunden.

Im September ist er verschwunden. Seitdem ist er, würde man sagen, am Ende und hat den Kampf aufgegeben. Nach seinem Äußeren zu urteilen, hat er nicht jede Nacht ein Bett.

Er brauchte natürlich täglich ein paar Franc fürs Essen. Es gibt einen Ort, der solche aus der Bahn geworfenen Existenzen unwiderstehlich anzieht: die Markthallen. Ich weiß nicht, wo diese Menschen hin sollen, wenn die Hallen in einigen Monaten nach Rungis verlegt werden.«

Das Telefon läutete.

»Hallo, Kommissar Maigret? Es ist wieder derselbe Mann in der Leitung, der Sie unbedingt persönlich sprechen möchte.«

»Stellen Sie durch.«

Zu den anderen sagte er:

»Das ist er! ... Hallo, ja. Ich höre ...«

»Sie sind bei meiner Frau gewesen. Das hatte ich mir schon gedacht. Sie waren lange bei ihr, und Ihr Inspektor hat in der Bar an der Ecke gewartet. Ist sie sehr böse auf mich?«

»Ich glaube, gar nicht.«

»Ist sie unglücklich?«

»Ich hatte nicht den Eindruck.«

»Hat sie von Geld gesprochen?«

»Nein.«

»Ich frage mich, wovon sie lebt.«

»Vor ein paar Wochen war sie bei Chabut, und der hat ihr tausend Franc gegeben.«

Der Mann auf der anderen Seite der Leitung lachte höhnisch.

»Was hat mein Vater Ihnen erzählt?«

Es war verblüffend. Er wusste über fast alles, was Maigret tat, Bescheid. Dabei hatte er keinen Wagen und auch kein Geld für ein Taxi. Er ging mit seinem Hinkebein kreuz und quer durch Paris, ohne aufzufallen, und wenn ihn jemand erkannte, verschwand er wie durch einen Zauber.

»Nichts Besonderes. Ich habe allerdings den Eindruck, dass er Ihre Frau nicht besonders mag.«

»Sie meinen, dass er sie hasst. Darum haben wir uns entzweit. Ich musste mich entscheiden.«

Er hatte wohl aufs falsche Pferd gesetzt.

»Warum kommen Sie nicht hierher, an den Quai des Orfèvres, damit wir uns unter vier Augen unterhalten können? Wenn Sie Chabut nicht getötet haben, werden Sie als freier Mann wieder gehen. Andernfalls wird ein guter Anwalt die Mindeststrafe für Sie herausholen, vielleicht sogar einen Freispruch. Hallo? … Hallo!«

Gilbert Pigou hatte aufgelegt.

»Ihr habt es gehört. Er weiß schon, dass ich zu Hause bei seiner Frau war und dann bei seinem Vater.«

Es war fast ein Spiel. Bis jetzt hatte immer Pigou gewonnen. Trotzdem, besonders intelligent war er doch nicht. Im Gegenteil.

»Wo war ich stehen geblieben? Ach ja. Bei den Markthallen. In Paris ist ein Mensch, der jeden Halt verloren hat, am ehesten dort zu finden. Heute Nacht soll ein Dutzend Männer die Umgebung sorgfältig durchkämmen. Ihr könnt die Inspektoren vom 1. Arrondissement um Unterstützung bitten. Sie kennen das Viertel besser.«

Waren all diese Maßnahmen überhaupt sinnvoll? Man durfte hoffen, aber die Chancen, dass Pigou sich fassen ließ, waren doch gering. Möglicherweise stand er wieder auf dem Gehsteig gegenüber und blickte zu den erleuchteten Fenstern von Maigrets Büro hinauf.

»Das ist alles, Kinder.«

Als sie wie Schüler aufstanden und zur Tür gingen, rief Maigret sie noch einmal zurück.

»Noch etwas Wichtiges. Keiner der Männer darf bewaffnet sein. Das gilt auch für euch. Ich will um keinen Preis, dass auf ihn geschossen wird, was auch immer geschehen mag.«

»Und wenn er zuerst schießt?«, brummte der dicke Lourtie.

»Ich habe gesagt, um keinen Preis. Er wird im Übrigen nicht schießen. Ich will ihn lebend und unversehrt.«

Es war halb sechs. Maigret hatte getan, was er konnte. Ihm blieb nur abzuwarten, was geschehen würde. Er war erschöpft, seine Erkältung machte ihm immer noch zu schaffen.

»Lapointe, bleib noch einen Moment. Was hältst du von meinem Plan?«

»So könnte es gelingen.«

Der Inspektor war nicht sehr zuversichtlich.

»Wenn Sie meine ehrliche Meinung hören wollen: Entweder schnappen wir ihn zufällig, Gott weiß wann, oder aber er entwischt uns so lange, wie er beschlossen hat, sich nicht fassen zu lassen.«

»Ich gebe zu, das sehe ich ähnlich. Aber ich muss etwas unternehmen. Fahr mich nach Hause. Ich sehne mich nach meinen Pantoffeln, dem Ofen und dann nach meinem Bett.«

Sein Kopf war heiß, und der Hals tat ihm weh. War seine Grippe vielleicht eine Angina?

Im Auto blickte er aufmerksam um sich. Aber die Gestalt, derentwegen er sich den Kopf zerbrach, sah er nicht.

»Halt kurz bei der Brasserie Dauphine.«

Er hatte einen schlechten Geschmack im Mund und wollte ein kühles Bier trinken, ehe er nach Hause fuhr.

»Was nimmst du?«

»Auch ein Bier. Es war heiß bei Ihnen im Büro.«

Maigret trank gierig zwei Bier, wischte sich die Lippen und steckte seine Pfeife an. Auch am Châtelet hingen Lichterketten über den Straßen. Aus den Lautsprechern eines Warenhauses erklangen Weihnachtslieder.

Vor seiner Haustür blickte er wieder um sich, in der Hoffnung, Pigou zu entdecken, aber er sah niemanden, der ihm ähnelte.

»Gute Nacht, mein Lieber.«

»Gute Besserung, Chef.«

Er ging langsam die Treppe hinauf und kam ganz außer Atem auf dem Treppenabsatz an, wo Madame Maigret ihn schon erwartete. Sie sah sofort, dass er sich nicht besser fühlte und ganz entmutigt war.

»Komm schnell herein. Im Treppenhaus ist es sehr kalt.«

Dabei war ihm zu heiß, und er schwitzte. Er zog seinen dicken Mantel aus, legte den Schal ab, lockerte die Krawatte und ließ sich seufzend in seinen Sessel fallen.

»Ich bekomme Halsschmerzen.«

Sie nahm seine Krankheit nicht tragisch, denn er hatte fast jedes Jahr ein oder zwei Wochen lang die Grippe. Er vergaß das immer wieder und hasste es, sich geschwächt zu fühlen.

»Hat jemand angerufen?«

»Erwartest du einen Anruf?«

»Mehr oder weniger. Er hat mich vorhin am Quai angerufen und weiß sicher, wo wir wohnen. Er ist sehr aufgeregt und will unbedingt Kontakt zu mir aufnehmen.«

Das erinnerte ihn an frühere Fälle, unter anderem an einen Mörder, der ihm fast einen Monat lang täglich einen mehrseitigen Brief geschrieben hatte, immer aus einer anderen Brasserie, wie der Briefkopf verriet. Um ihn zu fassen, hätte man alle Brasserien und Cafés von Paris überwachen müssen. Dafür hätten die Polizeikräfte nicht ausgereicht.

Eines Morgens hatte Maigret im Aquarium, dem verglasten Warteraum am Quai des Orfèvres, einen

kleinen älteren Herrn entdeckt, der geduldig wartete.

Das war sein Mann gewesen.

»Was gibt's zum Abendessen?«

»Rochen in brauner Butter. Ist das zu schwer für
dich?«

»Ich habe ja keine Magenschmerzen.«

»Soll ich nicht doch Pardon rufen?«

»Lass den armen Mann in Frieden, er hat mit den
ernsthaft Kranken genug zu tun.«

»Ich könnte dir das Essen ans Bett bringen.«

»Damit die Laken in einer Stunde klatschnass
sind?«

Das einzige Zugeständnis war, dass er die Klei-
der ablegte und Pyjama, Morgenrock und Pantoffeln anzog. Er versuchte die Zeitung zu lesen, war
aber in Gedanken ganz woanders. Immer wieder
musste er an Pigou denken, den kleinen Buchhalter, der zum Dieb geworden war, weil seine Frau
ihn bedrängte, weil er Angst vor seinem Chef hatte
und nicht wagte, ihn um eine Gehaltserhöhung zu
bitten.

Wo befand er sich jetzt? Hatte er noch etwas
Geld? Und wenn ja, wo und wie hatte er es sich
beschafft?

Er dachte auch an den arroganten Chabut, der für
andere nur Verachtung übrig gehabt hatte und für
den es geradezu eine Lust gewesen war, sich unbe-

liebt zu machen. Geschäftlich hatte er unerhörtes Glück gehabt, aber er war trotzdem verletzlich geblieben. Immer noch der Vertreter, der von Tür zu Tür gegangen war, damit man eine Kiste Wein bei ihm bestellte.

Maigret hatte schon öfter Menschen erlebt, die schüchtern waren und ihre Umgebung dafür verantwortlich machten.

»Das Essen ist fertig!«

Er war nicht hungrig, aber er aß trotzdem. Das Schlucken fiel ihm schwer. Ob er am nächsten Tag stockheiser sein würde?

Die Männer hatten gewiss schon Posten bezogen. Beinah hätte Maigret vorhin noch hinzugefügt:

Zwei sollen auch vor meinem Haus am Boulevard Richard-Lenoir stehen.

Aus Sorge, die anderen könnten denken, er habe Angst, hatte er darauf verzichtet. Er stand vom Tisch auf, ging ans Fenster und warf einen Blick hinaus. Es regnete nicht mehr, aber der Wind war ziemlich stark, ein Ostwind, der Frost bringen würde. Zwei Verliebte gingen Arm in Arm vorüber. Alle paar Schritte blieben sie stehen, um sich zu küssen.

Er sah auch Polizisten auf Rädern und mit Pelerine, die friedlich ihre Runde drehten. Auf der anderen Straßenseite waren die meisten Fenster erleuchtet. Hier und da konnte man hinter den

Gardinen schattenhaft Menschen erkennen, auch eine Familie, die um einen runden Tisch saß.

»Möchtest du fernsehen?«

»Nein.«

Er hatte zu gar nichts Lust und war brummig wie immer, wenn er sich nicht wohlfühlte oder wenn eine Ermittlung nur schleppend voranging.

Trotzdem weigerte er sich, früher schlafen zu gehen als sonst, und nahm wieder die Zeitung zur Hand. Eine halbe Stunde später trat er erneut ans Fenster und spähte nach der Gestalt, die ihm fast vertraut geworden war.

Aber auf der Straße war niemand, nur ein Taxi fuhr den Boulevard hinunter.

»Glaubst du, er kommt?«

»Wie soll ich das wissen?«

»Du scheinst auf etwas zu warten.«

»Ich warte immer auf etwas. Es könnte ebenso ein Anruf von Lapointe sein.«

»Hat er Dienst?«

»Die ganze Nacht. Er soll alle eingehenden Auskünfte sammeln.«

»Glaubst du, der Mann wird langsam kopflos?«

»Nein. Er behält die Nerven. Offenbar ist er sich über seine Situation nicht im Klaren. Dieser Mensch wurde sein Leben lang gedemütigt. Jahrelang hat er sich weggeduckt, und jetzt plötzlich fühlt er sich wie befreit. Die gesamte Polizei ist hinter ihm her, ohne dass es gelingt, ihn zu fassen. Das ist doch eine Art Triumph. Plötzlich ist er wer.«

»Und erst recht, wenn der Fall vors Schwurgericht kommt.«

»Darum kann er sich nicht entscheiden, ob er sich stellen oder weiter mit uns Katz und Maus spielen soll.«

Er begann wieder zu lesen. Die Pfeife schmeckte nicht, aber er rauchte trotzdem, sozusagen aus Prinzip. Auch er wollte nicht nachgeben, sondern sich der Grippe widersetzen, und er hielt die Augen offen, obwohl sie gerötet waren und brannten.

Um halb zehn stand er noch einmal auf und ging ans Fenster. Auf dem Gehsteig gegenüber stand ein Mann. Er hatte den Kopf gehoben und schien zu den Fenstern der Wohnung hochzublicken.

Madame Maigret, die noch am Tisch saß, öffnete den Mund, um etwas zu fragen. Da fiel ihr Blick auf den breiten Rücken ihres Mannes. Angespannt und vollkommen reglos stand er da und wirkte dadurch noch massiger.

In dieser plötzlichen Erstarrung lag etwas Geheimnisvolles, fast Feierliches.

Maigret sah den Mann an, wagte nicht, sich zu bewegen, als fürchtete er, ihn zu verscheuchen. Der Mann wiederum konnte hinter der Gardine vermutlich nur seine Silhouette erkennen.

Eines Tages in Meung-sur-Loire, als der Kommissar in einem Liegestuhl gelegen hatte, war hinten im Garten ein Eichhörnchen von der Platane heruntergeklettert.

Unten angekommen, rührte es sich zunächst nicht, und man sah sein Herz unter dem seidigen Fell schlagen. Dann war es ganz vorsichtig ein paar Zentimeter näher gekommen, um wieder reglos zu verharren.

Während Maigret kaum zu atmen wagte, starrte das kleine rotbraune Tier den Mann an. Es schien fasziniert zu sein, aber sein ganzer Körper blieb gespannt, zur Flucht bereit. Das Eichhörnchen wurde kühner, verkürzte die Entfernung um mehr als einen Meter. All das geschah langsam, wie in Zeitlupe, Bild für Bild. Die behutsame Annäherung dauerte mehr als zehn Minuten, und schließlich war das Eichhörnchen kaum noch einen halben Meter von Maigrets herunterhängender Hand entfernt.

Wollte es gestreichelt werden? Nein, bestimmt nicht. Es betrachtete die Hand, dann das Gesicht, dann wieder die Hand, und schließlich hastete es in wenigen Sprüngen zurück auf den Baum.

Daran musste Maigret denken, während er die Gestalt auf der anderen Straßenseite anstarrte. Auch Gilbert Pigou schien von dem Kommissar fasziniert zu sein, nicht von ihm ablassen zu wollen.

Aber wie das Eichhörnchen war er bereit davonzuspringen, wenn die geringste Gefahr drohte. Es hatte keinen Sinn, dass der Kommissar sich anzog und hinausging. Er würde unten niemanden mehr vorfinden. Den nächsten Polizeiposten anzurufen, wäre ebenso nutzlos.

Machte sich der Mann Mut, um dann die Straße zu überqueren und das Haus zu betreten? Undenkbar war das nicht. Er hatte keinen Freund, keinen Vertrauten.

Er hatte getan, was er zu tun beschlossen hatte: Er hatte Oscar Chabut erschossen. Dann war er geflüchtet. Warum war er geflüchtet? Vermutlich aus einem Reflex heraus. Was hatte er jetzt vor? Würde er sich weiterhin verstecken?

Das Ganze dauerte etwa zehn Minuten, wie bei dem Eichhörnchen. Plötzlich trat der Mann einen Schritt auf das Haus zu, um fast im selben Augenblick kehrtzumachen, und nach einem letzten Blick zum Fenster entfernte er sich in Richtung Rue du Chemin-Vert.

Die Starrheit fiel von dem massigen Körper des Kommissars ab. Er blieb noch kurz am Fenster stehen, als müsste er sein normales Äußeres zurückgewinnen. Dann ging er zum Buffet und holte sich eine Pfeife.

»War er das?«

»Ja.«

»Meinst du, er wollte mit dir reden?«

»Es reizt ihn. Ich glaube, er hat Angst vor einer Enttäuschung. Menschen wie er sind sehr misstrauisch. Er möchte verstanden werden, und zugleich hält er das für unmöglich.«

»Was wird er tun?«

»Vermutlich weiter herumlaufen, ganz allein, Gott weiß wohin. Und dabei wälzt er Gedanken, spricht vielleicht auch halblaut vor sich hin.«

Kaum hatte Maigret sich wieder in seinen Sessel gesetzt, läutete das Telefon, und er nahm den Hörer ab.

»Ja.«

»Kommissar Maigret?«

»Ja, mein Lieber.«

Es war Lapointe.

»Wir haben schon ein erstes Ergebnis, Chef. Dank den Inspektoren vom 1. Arrondissement. Besonders Inspektor Lebœuf. Er kennt die Markthallen wie seine Westentasche. Bis vor vierzehn Tagen hatte Pigou ein Zimmer in der Rue de la Grande-Truanderie, wenn man ein solches Loch als Zimmer bezeichnen kann.«

Maigret kannte die Straße. Nachts erinnerte sie an das alte Pariser Elendsviertel. Dort fanden sich menschliche Wracks, um Rotwein oder Bouillon in einem der stinkenden Bistros zu trinken. Manche verbrachten die Nacht auf einem Stuhl oder an die Wand gelehnt. Es gab dort fast genauso viele Frauen wie Männer, und die Frauen waren keineswegs weniger betrunken oder weniger verdreckt. Der »Bodensatz«, abgerissener und schäbiger noch als unter den Brücken.

Auf dem Kopfsteinpflaster vor den Hotels warteten ältere, meist unförmige Frauen auf Kundschaft.

»Er war im Hôtel du Cygne. Drei Franc täglich für eine Pritsche mit Strohsack. Kein fließend Wasser. Die Toiletten auf dem Hof.«

»Ich kenne es.«

»Nachts hat er wohl beim Entladen von Gemüse- und Obstwagen geholfen. Er kam erst in der Morgendämmerung zurück und verbrachte den halben Tag im Bett.«

»Wann ist er ausgezogen?«

»Der Wirt sagt, er hat ihn seit zwei Wochen nicht gesehen. Das Zimmer wurde sofort wieder vermietet.«

»Wird das Viertel durchkämmt?«

»Ja. Es sind an die fünfzehn Leute beteiligt. Die Inspektoren vom 1. Arrondissement fragen, warum man keine Razzia macht.«

»Bloß nicht! Du hast ihnen doch hoffentlich gesagt, sie sollen unauffällig vorgehen?«

»Ja, Chef.«

»Hast du etwas von den anderen gehört?«

»Nichts.«

»Vor wenigen Minuten war Pigou hier am Boulevard Richard-Lenoir.«

»Sie haben ihn gesehen?«

»Vom Fenster aus. Er stand auf der anderen Straßenseite.«

»Und Sie haben nicht versucht, mit ihm zu sprechen?«

»Nein.«

»Ist er weg?«

»Ja. Vielleicht kommt er noch einmal. Es kann aber auch sein, dass er sich im letzten Augenblick doch nicht entschließen kann und wieder verschwindet.«

»Haben Sie noch irgendwelche Instruktionen für mich?«

»Nein. Gute Nacht, mein Lieber.«

»Gute Nacht, Chef.«

Maigret fühlte sich bleiern, und bevor er sich wieder setzte, goss er sich einen Pflaumenschnaps ein.

»Glaubst du nicht, dass der dich zu sehr erhitzt?«

»Man trinkt doch auch Grog gegen die Grippe. Wovon Pardon übrigens gar nichts hält.«

»Wir müssen sie wieder einmal zum Abendessen einladen. Schon über einen Monat haben wir sie nicht gesehen.«

»Lass mich erst diesen Fall abschließen. Lapointe hatte Neuigkeiten. Wir wissen jetzt, wo Pigou wochenlang, vielleicht sogar monatelang, gewohnt hat. In einem elenden Loch mit dem hübschen Namen Hôtel du Cygne, in der Nähe der Markthallen.«

»Ist er dort ausgezogen?«

»Vor zwei Wochen.«

Maigret wollte nicht vor einer vernünftigen Zeit schlafen gehen, und das bedeutete, nicht vor zehn. Er blickte manchmal hinüber zur Standuhr und zwang sich dann, weiter Zeitung zu lesen. Aber nach ein paar Zeilen hätte er nicht sagen können, wovon darin die Rede war.

»Du fällst ja um vor Müdigkeit.«

»In zehn Minuten können wir schlafen gehen.«

»Nun miss doch deine Temperatur.«

»Wenn du darauf bestehst …«

Sie brachte ihm das Thermometer, und er behielt es gehorsam fünf Minuten im Mund.

»38.«

»Wenn du morgen immer noch Fieber hast, rufe ich Pardon an, ob du willst oder nicht.«

»Morgen ist Sonntag.«

»Pardon wird trotzdem kommen.«

Madame Maigret begab sich nach nebenan, um sich für die Nacht fertig zu machen, und rief ihm vom Schlafzimmer aus zu:

»Ich möchte nicht, dass sich dein Rachen entzündet. Ich werde ihn dir gleich einpinseln.«

»Du weißt, dass ich mich davon übergeben muss.«

»Du wirst es gar nicht spüren. Letztes Mal hast du das auch gesagt, und dann ging es sehr gut.«

Das Medikament, eine scheußliche blaue Flüssigkeit, mit der sie ihm den Rachen einpinselte, verwendete kaum noch jemand, aber Madame Maigret hielt ihm seit über zwanzig Jahren die Treue.

»Mach den Mund weit auf.«

Maigret konnte nicht anders, als vor dem Zubettgehen noch einmal aus dem Fenster zu blicken. Gegenüber war niemand zu sehen. Der Wind wehte immer stärker und wirbelte Staub auf.

Sein fiebriger Schlaf war so tief, dass er eine Weile brauchte, um daraus aufzutauchen. Etwas Lebendiges berührte beharrlich seinen Arm, und als erste Reaktion zuckte er zurück.

Es war eine Hand, die ihm etwas mitteilen wollte. Er schob sie weg und wollte sich schon auf die andere Seite drehen.

»Maigret …«

Die Stimme seiner Frau war kaum hörbar.

»Er ist da. Im Treppenhaus. Er hat nicht gewagt zu klingeln, aber ein paarmal leise an die Tür geklopft. Hörst du mich?«

»Was?«

Er streckte die Hand aus, knipste die Nachttischlampe an und blickte erstaunt um sich. Was hatte er eben noch geträumt? Er wusste es nicht mehr, aber ihm schien, als kehrte er aus weiter Ferne, aus einer anderen Welt zurück.

»Was hast du gesagt?«

»Er ist da. Er hat ganz leise an die Tür geklopft.«

Er stand auf und nahm seinen Morgenrock vom Sessel.

»Wie spät ist es?«

»Halb drei.«

Er nahm die Pfeife, die er vorm Schlafengehen nicht aufgeraucht hatte, und steckte sie wieder an.

»Befürchtest du nicht, dass …«

Auf dem Weg zur Eingangstür machte er Licht im Wohnzimmer, blieb dann einen Augenblick reglos vor der Tür stehen und öffnete sie schließlich.

Das Treppenhauslicht war schon lange ausgegangen, und der Mann tauchte aus dem Dunkel auf, stand plötzlich im Licht, das aus der Wohnung fiel. Er wollte etwas sagen, hatte vermutlich eine ganze Rede vorbereitet. Doch als Maigret jetzt vor ihm stand, im Morgenrock und mit zerzaustem Haar, konnte er nur stammeln:

»Ich störe Sie, nicht wahr?«

»Treten Sie ein, Pigou.«

Noch hätte er die Treppe hinunterlaufen und flüchten können, denn er war jünger und flinker als der Kommissar. Wenn er erst durch die Tür war, war es zu spät. Maigret bewegte sich nicht, wie damals bei dem Eichhörnchen.

Das Zögern dauerte vermutlich nur wenige Sekunden, aber dem Kommissar erschien es sehr lang. Dann trat der Mann ein. Kurz überlegte Maigret, die Tür abzuschließen und den Schlüssel in die Tasche zu stecken, aber dann zuckte er nur mit den Schultern.

»Frieren Sie nicht?«

»Es ist nicht sehr warm draußen. Vor allem der Wind ...«

»Nehmen Sie dort Platz. Wenn Sie sich etwas aufgewärmt haben, können Sie Ihren Regenmantel ausziehen.«

Er ging zur Schlafzimmertür und sagte zu seiner Frau, die sich gerade anzog:

»Machst du uns bitte zwei Grogs?«

Daraufhin setzte er sich entspannt seinem Besucher gegenüber. Endlich sah er ihn aus der Nähe. Selten war er auf jemanden so neugierig gewesen.

Am meisten überraschte ihn Pigous Jugendlichkeit. Sein rundes, pausbäckiges Gesicht wirkte etwas unfertig, kindlich.

»Wie alt sind Sie?«

»Vierundvierzig.«

»Sie wirken jünger.«

»Haben Sie meinetwegen nach dem Grog gefragt?«

»Auch meinetwegen. Ich habe eine Grippe, vielleicht eine Angina. Das wird mir guttun.«

»An sich trinke ich nichts. Nur mal ein Glas Wein zum Essen. Sie finden mich schmutzig, nicht wahr? Ich habe meine Kleidung schon lange nicht mehr reinigen können. Mit warmem Wasser habe ich mich zum letzten Mal vor einer Woche gewaschen. In einer Badeanstalt in der Rue Saint-Martin.«

Sie beobachteten sich gegenseitig, während sie leise miteinander sprachen.

»Ich hatte schon vorhin erwartet, dass Sie hochkommen würden.«

»Haben Sie mich gesehen?«

»Ich habe sogar gemerkt, dass Sie zögerten, Sie sind einen Schritt auf das Haus zugegangen, haben sich dann aber Richtung Rue Chemin-Vert entfernt.«

»Ich habe Ihre Silhouette am Fenster gesehen. Ich wusste nicht, ob Sie mich sehen und ob Sie mich erkennen konnten. Ich stand ja im Dunkeln.«

Er zuckte zusammen, als er ein Geräusch hörte. Genau wie das Eichhörnchen. Es war Madame Maigret. Sie brachte den Grog und war so taktvoll, den Besucher nicht anzustarren.

»Viel Zucker?«

»Bitte.«

»Zitrone?«

Sie machte seinen Grog fertig und stellte das Glas auf das Tischchen vor ihm. Dann bediente sie ihren Mann.

»Wenn du noch etwas brauchst, ruf mich.«

»Wer weiß, vielleicht möchten wir nachher noch zwei Grogs.«

Man merkte, dass Pigou wohlerzogen war und sich anständig zu benehmen wusste. Mit dem Glas in der Hand wartete er, bis der Kommissar den ersten Schluck genommen hatte.

»Er ist kochend heiß, tut aber gut, nicht wahr? Jedenfalls wird Ihnen davon warm werden. Vielleicht können Sie jetzt Ihren Regenmantel ablegen.«

Er tat es. Sein Anzug war nicht schlecht geschnitten, aber zerknittert und voller Flecken, darunter ein ziemlich großer weißer Farbfleck.

Sie wussten nicht mehr, was sie sagen sollten. Beiden war klar, dass sie von ernsten Dingen würden sprechen müssen, und beide scheuten davor zurück, wenngleich aus unterschiedlichen Gründen.

Das Schweigen dauerte eine ganze Weile. Jeder trank noch einen Schluck Grog. Dann stand Maigret auf, um sich eine neue Pfeife zu stopfen.

»Rauchen Sie?«

»Ich habe keine Zigaretten mehr.«

Im Buffet lag ein Päckchen, und Maigret reichte es seinem Besucher. Der blickte ihn verwundert an, als traute er seinen Augen nicht, während der Kommissar ihm mit einem Streichholz Feuer gab.

Jetzt saßen beide wieder, und Pigou sagte:

»Zunächst muss ich mich dafür entschuldigen, dass ich Sie zu Hause störe, noch dazu mitten in der Nacht … Ich hatte Angst, zum Quai des Orfèvres zu gehen. Aber ich konnte auch nicht mehr länger allein durch die Straßen laufen.«

Maigret entging keine Regung seines Gesichts. In der behaglichen Wohnung, einen Grog in Reichweite, die Pfeife im Mund, wirkte der Kommissar wie ein wohlwollender älterer Bruder, dem man alles sagen kann.

7

»Was halten Sie von mir?«

Das waren fast seine ersten Worte, und man merkte, dass diese Frage für ihn entscheidend war. Gewiss hatte er sein Leben lang in den Augen der anderen die Antwort gesucht.

Was sollte Maigret ihm antworten?

»Ich kenne Sie noch nicht gut«, murmelte er.

»Sind Sie zu allen Verbrechern so nett?«

»Ich kann auch sehr unangenehm sein.«

»Zu was für Leuten zum Beispiel?«

»Zu Leuten wie Oscar Chabut.«

Mit einem Mal leuchteten Pigous Augen, als hätte er einen Verbündeten gefunden.

»Wissen Sie, es stimmt ja. Ich habe ihm ein bisschen Geld gestohlen. Kaum die Summe, die er monatlich an Trinkgeldern ausgab. Aber der wahre Dieb war er. Er hat mir meinen Stolz genommen, meine Menschenwürde. Er hat mich so gedemütigt, dass ich fast Scham empfand, am Leben zu sein.«

»Was hat Sie auf den Gedanken gebracht, in die sogenannte kleine Kasse zu greifen?«

»Ich sollte Ihnen wohl alles sagen, nicht wahr?«

»Sonst hätten Sie gar nicht herkommen müssen.«

»Sie haben meine Frau gesehen. Was halten Sie von ihr?«

»Ich kenne sie kaum. Sie hat geheiratet, um nicht mehr arbeiten zu müssen, und es überrascht mich, dass sie es trotzdem noch drei Jahre getan hat.«

»Zweieinhalb Jahre.«

»Sie gehört zu den Frauen, die in ihrem kleinen Haushalt gern in Ruhe gelassen werden.«

»Haben Sie das erraten?«

»Es ist nur allzu offensichtlich.«

»Oft musste ich abends den Haushalt besorgen. Wenn es nach ihr gegangen wäre, hätten wir jeden Tag im Restaurant gegessen, um ihr Arbeit zu ersparen. Ich glaube nicht, dass sie etwas dafür kann. Sie hat ein phlegmatisches Temperament. Ihre Schwestern sind genauso.«

»Leben die auch in Paris?«

»Die eine ist in Algier mit einem Ingenieur verheiratet, der in einer Ölraffinerie tätig ist. Eine andere wohnt in Marseille und hat drei Kinder.«

»Warum haben Sie keine Kinder?«

»Ich hätte gern welche gehabt, aber für Liliane kam das nicht in Frage.«

»Ich verstehe.«

»Sie hat noch eine dritte Schwester und einen Bruder, der ...«

Er schüttelte den Kopf.

»Wozu soll ich das alles erzählen? Es klingt, als wollte ich meine Schuld verkleinern.«

Er nahm einen Schluck Grog und zündete sich eine zweite Zigarette an.

»Ich halte Sie vom Schlafen ab …«

»Fahren Sie fort. Auch Ihre Frau hat Sie gedemütigt.«

»Woher wissen Sie das?«

»Sie warf Ihnen doch vor, nicht genug Geld zu verdienen?«

»Sie konnte nicht begreifen, wieso sie mich geheiratet hat. Das hat sie immer wieder gesagt.

Und dann seufzte sie:

›Mein ganzes Leben muss ich in einer Zweizimmerwohnung verbringen. Nicht mal eine Putzfrau habe ich.‹«

Es war, als spräche er zu sich selbst. Er sah Maigret nicht an, sondern starrte auf den Teppich.

»Hat sie Sie betrogen?«

»Ja. Von Anfang an. Ich bin erst zwei oder drei Jahre später dahintergekommen. Als ich eines Tages während der Arbeitszeit zum Zahnarzt musste, habe ich sie bei der Madeleine mit einem Mann gesehen. Sie gingen Arm in Arm in ein Hotel.«

»Haben Sie ihr das gesagt?«

»Ja. Aber sie hat schließlich mich mit Vorwürfen überschüttet. Dass ich ihr nicht das Leben bieten würde, das eine junge Frau erwarten kann. Dass ich abends immer so müde sei, sie müsse mich fast mit Gewalt ins Kino schleppen. Und so weiter. Unter anderem auch, dass ich sie sexuell nicht befriedigte …«

Bei den letzten Worten war er rot geworden. Dieser Vorwurf hatte ihn gewiss am tiefsten getroffen.

»Eines Tages, an ihrem Geburtstag vor drei Jahren, habe ich so viel aus der Kasse genommen, dass ich uns ein schönes Abendessen spendieren konnte. Ich habe sie in ein Restaurant an den Grands Boulevards ausgeführt.

›Ich glaube, ich bekomme eine Gehaltserhöhung‹, habe ich angekündigt.

›Höchste Zeit. Dein Chef sollte sich schämen, dass er dir so wenig zahlt. Ich wüsste schon, was ich ihm sagen würde, wenn ich zu ihm ginge.‹«

»Sie haben nur kleine Beträge entwendet?«

»Ja. Anfangs habe ich behauptet, mein Monatsgehalt sei um fünfzig Franc erhöht worden. Schon bald fand sie das ungenügend. Dann habe ich mir eine Erhöhung von hundert Franc genehmigt.«

»Hatten Sie keine Angst, entdeckt zu werden?«

»Es war mir zur Gewohnheit geworden. Kein Mensch kontrollierte meine Bücher. Und für eine so große Firma waren es ja nur winzige Beträge.«

»Einmal haben Sie aber einen Fünfhundertfrancschein genommen.«

»Der war zu Weihnachten. Ich sagte ihr, ich hätte

Weihnachtsgeld bekommen. Irgendwann habe ich das fast selbst geglaubt. Es hat meine Selbstachtung gestärkt.

Wissen Sie, ich hatte nie eine hohe Meinung von mir. Mein Vater wünschte sich, dass ich wie er beim Crédit Lyonnais eintrat, aber da hätte ich den Vergleich mit viel Begabteren aushalten müssen. Am Quai de Charenton hockte ich friedlich in meiner Nische, und praktisch niemand kümmerte sich um mich.«

»Wie ist Chabut hinter Ihre Unterschlagungen gekommen?«

»Nicht er war es, sondern Monsieur Louceck. Es kam nur ganz selten vor, dass er einen Blick in meine Bücher warf. Irgendetwas hat ihn wohl stutzig gemacht. Statt mit mir darüber zu sprechen, hat er so getan, als wäre alles in Ordnung, und mich bei Monsieur Chabut verpetzt.«

»War das im Juni?«

»Ja, Ende Juni. Am achtundzwanzigsten. Ich werde das Datum nie vergessen. Chabut ließ mich in sein Büro kommen. Seine Sekretärin war auch dort, er hat sie nicht hinausgeschickt. Ich war nicht beunruhigt. Ich kam gar nicht auf die Idee, dass meine Mauscheleien aufgedeckt worden waren.«

»Er hat Sie gebeten, Platz zu nehmen.«

»Ja. Woher wissen Sie das?«

»Die Heuschrecke, also Anne-Marie, hat mir davon erzählt. Sie hat nach wenigen Minuten ebenso gelitten wie Sie.«

»Und ich litt besonders darunter, in Anwesenheit einer Frau so gedemütigt zu werden. Er hat verletzende Worte voller Verachtung gefunden. Es wäre mir lieber gewesen, er hätte mich der Polizei übergeben.

Es schien ihm Freude zu machen. Immer wenn ich glaubte, dass es nun zu Ende wäre, legte er wieder los. Wissen Sie, was er mir am meisten vorwarf? Dass ich nur kleine Beträge genommen hatte.

Er behauptete, vor einem wahren Dieb hätte er Achtung gehabt, aber nicht vor einem kleinen Gauner ohne jedes Format.«

Er schwieg einen Augenblick, um Atem zu holen, denn er hatte das alles mit einer gewissen Heftigkeit erzählt, und sein Gesicht war dunkelrot geworden. Er trank noch einen Schluck, und Maigret ebenfalls.

»Als er mir befahl, näher zu treten, ahnte ich nicht, was er tun würde. Aber ich hatte trotzdem Angst. Die Ohrfeige hat gesessen. Der Abdruck seiner Finger auf meiner Wange war bestimmt noch lange zu sehen.

Ich war noch nie geohrfeigt worden. Selbst meine Eltern haben mich als Kind nie geschlagen. Ich war wie gelähmt, und dann sagte er:

›Und jetzt verschwinden Sie …‹

Ich weiß nicht mehr, ob er mir erst da oder schon vorher gesagt hat, er würde mir kein Zeugnis geben und dafür sorgen, dass ich keine anständige Stellung mehr finden würde.«

»Auch er war gedemütigt«, sagte Maigret sehr leise.

Pigou war so verblüfft, dass ihm der Mund offen stand.

»Er hat Ihnen doch gesagt, dass man ihn nicht ungestraft für dumm verkaufen könne.«

»Das stimmt. Ich habe nicht verstanden, dass das der tiefere Grund für sein Verhalten war. Glauben Sie, er war gekränkt?«

»Mehr als das. Er war ein mächtiger Mann, ein Mann, der sich jedenfalls für mächtig hielt und der in allem, was er unternahm, Erfolg gehabt hatte. Aber vergessen Sie nicht, dass er anfangs von Tür zu Tür gegangen ist, um Wein zu verkaufen! Von Ihrer Existenz hat er kaum etwas bemerkt. Sie hockten in einem Zimmer im Erdgeschoss, das er praktisch nie betrat. Es war fast eine Gnade Ihnen gegenüber, dass er Sie behielt.«

»Das passt zu ihm, ja.«

»Auch er hatte Bestätigung nötig, also nahm er sich jede Frau, die ihm über den Weg lief.«

Gilbert Pigou zog die Brauen hoch.

»Wollen Sie damit sagen, er war arm dran?«

»Jeder von uns ist mehr oder weniger arm dran.

Ich versuche zu verstehen. Ich habe nicht den Ehrgeiz, die moralische Verantwortung jedes Einzelnen festzustellen. Wohin sind Sie gegangen, nachdem Sie den Quai de Charenton verlassen hatten?«

»Es war elf Uhr vormittags. Um die Zeit war ich nie draußen gewesen. Es war sehr heiß. Ich bin im Schatten der Platanen an den Lagerhäusern von Bercy entlanggegangen, und dann habe ich in einem Bistro beim Pont d'Austerlitz zwei oder drei Cognac getrunken.«

»Haben Sie mit Ihrer Frau zu Mittag gegessen?«

»Sie traf sich schon lange nicht mehr mit mir zum Mittagessen. Ich bin eine ganze Weile herumgelaufen, habe viel getrunken und bin dann in ein Kino gegangen. Mir klebte das Hemd am Leib, und dort war es etwas kühler. Sie erinnern sich bestimmt, im Juni war es sehr heiß.«

Er schien kein Detail auslassen zu wollen. Es war ihm ein Bedürfnis, sich auszusprechen, und da es ihm erlaubt war, er sogar auf sichtliches Interesse stieß, wollte er nichts verbergen.

»Hat Ihre Frau am Abend nicht gemerkt, dass Sie getrunken hatten?«

»Ich habe behauptet, die Kollegen hätten mir einen ausgegeben, weil ich befördert und in die Avenue de l'Opéra versetzt worden sei.«

Maigret lächelte nicht über diese Einfältigkeit. Im Gegenteil, sein Gesicht war ernst.

»Wie haben Sie es angestellt, Ihrer Frau zwei Tage später das Monatsgeld zu geben?«

»Ich hatte keine Ersparnisse. Sie gab mir jeden Monat nur vierzig Franc für meine Zigaretten und die Metro. Ich musste irgendwo Geld auftreiben. Die ganze Nacht habe ich darüber nachgedacht. Als ich am Morgen wegging, habe ich ihr gesagt, ich würde nicht zum Abendessen kommen, weil ich noch mein neues Büro einrichten müsse.

Tags zuvor hatte ich vergessen, den Tresorschlüssel zurückzugeben. Im Tresor musste sich eine größere Summe befinden als sonst, denn am folgenden Tag wurden die Löhne ausgezahlt.

Im Lauf der Jahre bin ich manchmal abends noch einmal ins Büro gegangen, um irgendeine dringende Arbeit zu erledigen. Ich trug den Schlüssel zur Eingangstür fast immer bei mir.

Einmal hatte ich ihn vergessen. Ich ging um das Haus herum. Mir war eingefallen, dass die Hintertür schlecht schloss. Man konnte den Riegel mit einem Taschenmesser hochschieben.«

»Gab es keinen Nachtwächter?«

»Nein. Ich habe also gewartet, bis es dunkel wurde, und mich dann in den Hof geschlichen. Die kleine Tür ließ sich noch öffnen, wie ich gehofft hatte, und dann bin ich in mein ehemaliges Büro gegangen. Ich habe einfach ein Bündel Geldscheine gegriffen, ohne sie zu zählen.«

»War es ein großer Betrag?«

»Mehr als drei Monatsgehälter. Ich habe die Scheine, bis auf mein Monatsgehalt, am selben Abend zu Hause auf dem großen Schrank versteckt. Morgens bin ich zur gleichen Zeit wie immer weggegangen. Ich konnte Liliane nicht sagen, dass man mich hinausgeworfen hatte.«

»Warum war es Ihnen so wichtig, was sie von Ihnen denken könnte?«

»Weil sie so etwas wie eine Zeugin war. Seit Jahren beobachtete sie kritisch, wie ich lebte. Ich wollte, dass wenigstens ein Mensch mir vertraute.

Ich habe meine Tage draußen verbracht, auf der Suche nach einer neuen Stellung. Ich hatte mir vorgestellt, das sei nicht schwer. Ich las die Stellenanzeigen und begab mich eilig zu den angegebenen Adressen. Manchmal mussten wir Schlange stehen. Mit einigen hatte ich Mitleid, meist alte Leute, die ohne Hoffnung warteten.

Man stellte mir Fragen. Als Erstes fragte man nach meinem Alter. Wenn ich antwortete: vierundvierzig, war das Gespräch meist schon vorbei.

›Wir suchen einen jungen Mann, höchstens dreißig.‹

Ich hielt mich für jung. Ich fühlte mich jung. Jeden Tag wurde meine Stimmung düsterer. Nach vierzehn Tagen suchte ich nicht mehr unbedingt eine Stellung als Buchhalter. Ich hätte auch als

Bürodiener oder als Verkäufer in einem Warenhaus gearbeitet.

Bestenfalls notierte man meinen Namen und meine Adresse: ›Sie hören von uns.‹

Wenn die Aussichten besser waren, dass man mich einstellen könnte, wurde ich gefragt, wo ich bisher gearbeitet hätte. Nach Chabuts Drohungen wagte ich nicht, es zu sagen.

›Hier und dort. Ich habe lange im Ausland gelebt.‹

Dann musste ich aber ergänzen, in Belgien oder in der Schweiz, denn ich spreche nur Französisch.

›Haben Sie Zeugnisse?‹

›Ich lasse sie Ihnen zukommen.‹

Selbstverständlich ging ich dort nicht wieder hin.

Ende Juli wurde es noch schlimmer. Viele Büros schlossen, oder die Chefs waren auf Urlaub. Ich habe die notwendige Summe von meinem Vorrat auf dem Schrank genommen und sozusagen mein Gehalt zu Hause abgegeben.

›Du bist merkwürdig in der letzten Zeit‹, bemerkte meine Frau. ›Du wirkst noch müder als früher am Quai de Charenton.‹

›Ich habe mich noch nicht an meine neue Arbeit gewöhnt. Ich muss erst lernen, mit den Elektronenrechnern umzugehen. In der Avenue de l'Opéra werden die Verkaufsstellen kontrolliert, und es gibt mehr als fünfzehntausend. Ich trage also große Verantwortung.‹

›Wann kannst du Urlaub nehmen?‹

›In diesem Sommer gar nicht. Vielleicht zu Weihnachten. Es wäre hübsch, mal zum Wintersport zu fahren. Aber du kannst ja verreisen. Warum fährst du nicht für drei Wochen oder einen Monat zu deinen Verwandten?‹«

War ihm bewusst, welche Tragik, welches Elend seine Worte offenbarten?

»Sie ist dann einen Monat lang weg gewesen. Zwei Wochen war sie bei ihren Eltern in Aix-en-Provence, ihr Vater ist dort Architekt. Dann zwei Wochen in Bandol. Dort hatte eine ihrer Schwestern, die mit den drei Kindern, ein Ferienhaus gemietet.

Ich fühlte mich völlig verloren in Paris, las weiter die Anzeigen in der Rue Réaumur und ging zu den angegebenen Adressen. Aber nach wie vor ohne jeden Erfolg.

Langsam begriff ich, dass Chabut recht hatte. Ich würde keine Arbeit finden.

Ich fing an, um sein Haus an der Place des Vosges herumzustreichen, nur so, um ihn zu sehen. Aber auch er machte Ferien. In Cannes sicherlich, da haben sie eine Wohnung.«

»Hassten Sie ihn?«

»Ja. Aus tiefstem Herzen. Es schien mir so ungerecht, dass er sich von der Sonne bräunen ließ, während ich mich abmühte, im verwaisten Paris Arbeit zu finden.

Oben auf dem Schrank lag nur noch etwas mehr als der Betrag, den ich meiner Frau jeden Monat geben musste.

Und dann? Was sollte ich dann tun? Ich müsste ihr die Wahrheit gestehen. Und dann würde sie mich verlassen, da war ich sicher. Sie ist nicht die Frau, die bei ihrem Mann bleibt, wenn er nicht mehr für sie sorgen kann.«

»Hingen Sie noch an ihr?«

»Ich glaube, ja. Ich weiß es nicht.«

»Und jetzt?«

»Sie ist mir allmählich fremd geworden. Jetzt wundere ich mich darüber, dass mir so wichtig war, was sie von mir denken könnte.«

»Wann haben Sie sie zum letzten Mal gesehen?«

»Ende August kam sie aus dem Süden zurück. Ich habe ihr mein angebliches Gehalt gegeben und bin noch etwa drei Wochen bei ihr geblieben. Aber mir war bewusst, dass ich Ende des Monats nicht mehr genug Geld haben würde.

Eines Morgens bin ich in der Absicht von zu Hause fortgegangen, nicht mehr wiederzukommen. Ich habe nur die paar hundert Franc mitgenommen, die mir noch blieben.«

»Sind Sie gleich in die Rue de la Grande-Truanderie gezogen?«

»Das wissen Sie? Nein. Ich habe mir in einem billigen, aber anständigen Hotel ein Zimmer genommen, bei der Bastille. Dort lief ich nicht Gefahr, meiner Frau zu begegnen.«

»Und dann haben Sie begonnen, Oscar Chabut zu folgen?«

»Ich wusste, wann er wo war, und trieb mich in der Avenue de l'Opéra, an der Place des Vosges und am Quai de Charenton herum. Ich wusste auch, dass er mittwochs fast immer mit seiner Sekretärin in die Rue Fortuny ging.«

»Was hatten Sie vor?«

»Gar nichts. Dieser Mensch hatte die entscheidende Rolle in meinem Leben gespielt. Er hatte mir meine Würde genommen und jede Möglichkeit, wieder hochzukommen.«

»Hatten Sie eine Waffe bei sich?«

Pigou zog eine bläuliche Automatik aus der Hosentasche, stand auf und legte sie auf das Tischchen vor Maigret.

»Ich hatte sie nur für den Fall dabei, dass ich mir das Leben würde nehmen wollen.«

»Waren Sie nicht versucht, das zu tun?«

»Doch, mehrmals. Besonders abends. Aber ich hatte Angst davor. Ich habe immer Angst vor Schlägen gehabt, vor körperlichem Schmerz. Vielleicht hatte Chabut recht: Ich bin ein Feigling.«

»Ich muss Sie einen Augenblick unterbrechen und telefonieren. Sie werden es gleich verstehen.«

Er rief am Quai des Orfèvres an.

»Geben Sie mir bitte Inspektor Lapointe, Mademoiselle.«

Pigou wollte noch etwas sagen, ließ es dann aber bleiben.

In der Küche machte Madame Maigret zwei neue Grogs.

8

ist du's?« fragte Maigret.

»Sind Sie denn nicht im Bett, Chef? Ihre Stimme klingt nicht einmal so, als wären Sie gerade aufgewacht. Ich habe keine Neuigkeiten.«

»Ich weiß.«

»Woher wissen Sie das? Von wo rufen Sie an?«

»Von zu Hause.«

»Es ist drei Uhr morgens.«

»Du kannst alle Männer zurückrufen. Es ist vorbei.«

»Haben Sie ihn entdeckt?«

»Er sitzt mir gegenüber, wir unterhalten uns in aller Ruhe.«

»Ist er von selbst gekommen?«

»Ich bin ihm wohl kaum auf dem Boulevard Richard-Lenoir hinterhergelaufen.«

»Wie benimmt er sich?«

»Gut.«

»Brauchen Sie mich?«

»Noch nicht. Bleib im Büro. Ruf die Streifen zurück. Benachrichtige Janvier, Lucas, Torrence und Lourtie. Ich rufe später wieder an.«

Er legte auf und schwieg, während Madame Maigret die leeren Gläser durch volle ersetzte.

»Ich habe vergessen, Ihnen zu sagen, Pigou, dass ich, auch wenn wir hier in meiner Wohnung und nicht am Quai des Orfèvres sind, nach wie vor Polizist bin und mir das Recht vorbehalte, alles, was Sie mir mitteilen, gegen Sie zu verwenden.«

»Selbstverständlich.«

»Kennen Sie einen guten Anwalt?«

»Nein. Weder einen guten noch einen schlechten.«

»Sie werden einen brauchen, wenn der Untersuchungsrichter Sie morgen vernimmt. Ich kann Ihnen ein paar Namen nennen.«

»Ich danke Ihnen.«

Nach dem Telefonat hatte sich die Atmosphäre ein wenig abgekühlt, der Ton war steifer geworden.

»Auf Ihr Wohl.«

»Auf das Ihre.«

Pigou scherzte:

»Ich werde wohl nicht so bald wieder einen Grog trinken. Man wird mir bestimmt eine besonders harte Strafe aufbrummen, nicht wahr?«

»Warum sollte man?«

»Erstens, weil er ein reicher und einflussreicher Mann war. Und zweitens, weil ich keinen richtigen Grund angeben kann.«

»Wann ist Ihnen der Gedanke gekommen, ihn zu töten?«

»Ich weiß es nicht. Ich musste das Hotel bei der Bastille verlassen, und da bin ich in die Rue de la Grande-Truanderie gezogen. Es war schlimm. Ich kam erst früh morgens zurück, nachdem ich Gemüse in den Markthallen abgeladen hatte, und vor dem Einschlafen habe ich immer geweint. Der Geruch widerte mich an, selbst die Geräusche im Hotel. Ich hatte das Gefühl, im Abseits zu sein, in einer ganz anderen Welt.

Tagsüber schleppte ich mich noch manchmal zur Place des Vosges, zum Quai de Charenton, in die Avenue de l'Opéra, und zwei- oder dreimal habe ich mich sogar auf dem Friedhof Montparnasse versteckt, um Liliane zu belauern.

Wenn ich Chabut sah, murmelte ich immer öfter vor mich hin:

›Ich bringe ihn um.‹

Aber das war nur so dahergesagt. Ich hatte nicht wirklich die Absicht, ihn zu töten. Ich beobachtete ihn von Weitem. Ich sah seinen dicken roten Wagen, seine selbstsichere Miene, seine gut geschnittene, makellose Kleidung.

Mit mir ging es schnell bergab. Der einzige Anzug, den ich aus der Rue Froidevaux mitgenommen hatte, zerknitterte immer mehr und hatte überall Flecken. Mein Regenmantel schützte mich nicht gegen die Kälte. Aber ich konnte mir keinen neuen kaufen, nicht einmal bei einem Trödler.

Ich stand auf dem Quai, ein Stück von der Firma entfernt, als ich Liliane hineingehen sah. Sie war bestimmt zuerst in der Avenue de l'Opéra gewesen. Dort arbeitete ich ja angeblich.

Sie blieb ziemlich lang. Zwischendurch sah ich Anne-Marie im Hof Luft schnappen, und da ahnte ich, was vorging.

Ich war nicht eifersüchtig. Es war nur eine weitere Ohrfeige. Dieser Mann benahm sich, als gehörte ihm alles. Da habe ich wieder gemurmelt:

›Ich bringe ihn um!‹

Dann schlich ich mich fort. Ich wollte auf keinen Fall von meiner Frau gesehen werden.«

»Wann sind Sie zum ersten Mal in die Rue Fortuny gegangen?«

»Ende November. Nicht mal die Metro konnte ich mir noch leisten.«

Er lachte bitter.

»Wissen Sie, es ist ein merkwürdiges Gefühl, kein Geld in der Tasche zu haben und zu wissen, dass man nie wieder so leben wird wie die anderen. In den Markthallen trifft man vor allem alte Männer, aber es gibt dort auch ein paar junge, die schon diesen Blick haben. Habe ich diesen Blick auch?«

»Nein.«

»Dabei bin ich schon wie sie. Ich dachte immer an die Ohrfeige. Es war ein Fehler, mich zu schlagen. Seine Worte hätte ich vielleicht vergessen können, selbst die verächtlichsten, die erniedrigendsten. Aber er hat mich geschlagen, als wäre ich ein dreckiger Bengel.«

»Wussten Sie am vergangenen Mittwoch, als Sie in die Rue Fortuny gingen, dass es das letzte Mal sein würde?«

»Wenn ich nicht ehrlich zu Ihnen wäre, hätte ich gar nicht herkommen müssen. Nein, ich wusste nicht, dass ich ihn töten würde. Das schwöre ich Ihnen, Sie können es mir glauben. Sie würde ich nie belügen.«

»In welcher inneren Verfassung befanden Sie sich?«

»Ich spürte, dass es so nicht weitergehen konnte. Ich war am Boden. Früher oder später würde man mich bei einer Razzia aufgreifen, oder ich würde krank werden und ins Hospital gebracht werden. Es musste etwas geschehen.«

»Was zum Beispiel?«

»Ich hätte ihm seine Ohrfeige heimzahlen können. Wenn er mit Anne-Marie aus dem Haus käme, würde ich auf ihn zugehen ...«

Er schüttelte den Kopf.

»Nein, unmöglich, er war ja viel stärker als ich. Ich habe bis neun Uhr gewartet. Dann ging das Licht im Flur an, und er kam allein heraus. Die Pistole war noch in meiner Tasche. Es dauerte nur eine Sekunde, und ich hatte sie in der Hand.

Ich habe praktisch ohne zu zielen geschossen – drei- oder viermal, ich weiß nicht mehr.«

»Viermal.«

»Mein erster Gedanke war, dazubleiben und auf die Polizei zu warten. Aber dann bekam ich Angst, man könnte mich schlagen. Ich lief zur Metro in der Avenue de Villiers. Niemand hat mich verfolgt. Und dann war ich wieder in den Markthallen und stellte mich automatisch zum Abladen von Gemüse an. Ganz allein in meinem Zimmer hätte ich es nicht ausgehalten.

So war es, Herr Kommissar. Ich glaube, ich habe Ihnen alles gesagt.«

»Warum haben Sie mich angerufen?«

»Ich weiß es nicht. Ich fühlte mich allein und verlassen und sagte mir, dass niemand mich je verstehen würde. In den Zeitungen habe ich oft Artikel über Sie gelesen. Ich hätte Sie gern kennengelernt. Ich war mehr oder weniger entschlossen, mir eine Kugel in den Kopf zu jagen.

Ein letztes Mal noch wollte ich mit jemandem reden, aber ich hatte immerzu Angst. Nicht vor Ihnen, sondern vor Ihren Leuten.«

»Meine Inspektoren schlagen nicht.«

»Man sagt das aber.«

»Es wird viel gesagt, Pigou. Zünden Sie sich Ihre Zigarette ruhig an. Haben Sie noch Angst?«

»Nein. Ich habe Sie ein zweites Mal angerufen.

Und kurz danach habe ich Ihnen aus einem Café am Boulevard du Palais geschrieben. Ich fühlte mich Ihnen nahe. Ich wäre Ihnen gern durch die Straßen gefolgt, aber das ging nicht, weil Sie immer im Auto unterwegs waren. Bei Chabut hatte ich vor dem gleichen Problem gestanden.

Ich musste Ihnen zuvorkommen, musste erraten, wohin Sie sich begeben würden.

Und so kam es, dass ich schon dort war, als Sie zum Quai de Charenton kamen. Es war unvermeidlich, dass Anne-Marie Ihnen alles berichten würde. Ich hatte gedacht, sie würde es schon beim ersten Mal tun.

Aber gut, die Szene hatte sich bereits im Juni abgespielt. Für sie war das eine alte Geschichte.

Ich habe Sie auch an der Place des Vosges gesehen.«

»Und am Quai des Orfèvres.«

»Ja, ich sagte mir, dass es sinnlos war, mich zu verstecken. Schließlich würde ich doch gefasst werden. Sie hätten mich bald verhaftet, nicht wahr?«

»Wenn Sie bei den Markthallen geblieben wären, hätte man Sie bestimmt noch heute Nacht aufgespürt und verhaftet. Um zehn Uhr haben meine Männer das Hôtel du Cygne entdeckt. Man hätte Sie sicherlich in einem der Bistros in der Straße gefunden. Haben Sie angefangen zu trinken?«

»Nein.«

Nur selten wurde ein Mensch, der so tief gesunken war, nicht zum Trinker.

»Ich wäre fast zur Kriminalpolizei gegangen und hätte gebeten, dass man mich zu Ihnen bringt. Ich sagte mir aber, man würde mich zu irgendeinem Inspektor schicken, und ich hätte gar nicht die Möglichkeit, an Sie heranzukommen. Darum bin ich zum Boulevard Richard-Lenoir gegangen.«

»Ich habe Sie gesehen.«

»Ich Sie auch. Ich wollte zu Ihnen in die Wohnung kommen. Im Fenster, mit dem Lichtschein hinter Ihnen und in Ihrem Morgenrock, wirkten Sie riesig. Da habe ich panische Angst bekommen und bin rasch weggegangen. Stundenlang bin ich im Viertel umhergeirrt. Mehr als fünfmal bin ich bei Ihnen vorbeigekommen, als in der Wohnung längst kein Licht mehr brannte.«

»Einen Moment bitte!«

Wieder wählte Maigret die Nummer vom Quai des Orfèvres.

»Geben Sie mir Lapointe. Hallo! … Sind die Männer nach Hause gegangen? Wer ist bei dir?«

»Lucas hat Dienst, und Janvier ist eben eingetroffen.«

»Kommt beide her. Nehmt einen Wagen.«

»Werde ich abgeholt?«, fragte Pigou, als Maigret aufgelegt hatte.

»Es muss sein.«

»Ich verstehe. Aber ich habe trotzdem Angst davor, als müsste ich zum Zahnarzt.«

Er hatte einen Menschen getötet. Er war von sich aus zu Maigret gekommen, aber jetzt hatte er vor allem Angst. Angst vor Schlägen, vor Brutalität.

Sein Verbrechen erwähnte er kaum noch.

Maigret musste an den jungen Stiernet denken, der seine Großmutter erschlagen und hinterher geschworen hatte, er habe es nicht absichtlich getan.

Er sah Pigou durchdringend an, als wollte er in sein Innerstes sehen. Den Buchhalter verwirrte dieser Blick.

»Haben Sie keine Fragen mehr an mich?«

»Ich glaube nicht. Nein.«

Wozu ihn fragen, ob er seine Tat bereute? Bereute Stiernet, seine Großmutter erschlagen zu haben?

Man würde ihm diese Frage vor dem Schwurgericht stellen, und wenn er sie ehrlich beantwortete, würde es Bewegung im Saal geben, ja vorwurfsvolles Gemurmel.

Sie schwiegen eine ganze Weile, und Maigret leerte sein Glas. Dann hörte er einen Wagen vor dem Haus halten. Eine Autotür fiel ins Schloss, dann noch eine.

Er steckte sich eine letzte Pfeife an, mehr um sich Haltung zu geben, als weil er Lust hatte zu rauchen. Schritte hallten im Treppenhaus. Er ging hinaus und öffnete die Tür.

Die beiden Männer blickten neugierig ins Wohnzimmer, in dem der Tabakqualm in bläulichen Wolken um die Lampen und unter der Decke hing.

»Gilbert Pigou. Wir hatten ein langes Gespräch. Morgen wird das offizielle Verhör stattfinden.«

Der Buchhalter blickte sie an, ein wenig beruhigt durch ihr Verhalten. Sie wirkten nicht wie Leute, die andere schlagen.

»Bringt ihn zum Quai und lasst ihn ein paar Stunden schlafen. Ich werde gegen Mittag dort sein.«

Lapointe machte ihm ein Zeichen, das er nicht sofort verstand. Mit einem Mal war er todmüde.

Der Inspektor deutete auf seine Handgelenke, was wohl heißen sollte: Soll ich ihm Handschellen anlegen?

Maigret wandte sich an Pigou.

»Das ist kein Misstrauen«, murmelte er. »Sie werden Ihnen am Quai wieder abgenommen. Es ist Vorschrift.«

Auf dem Treppenabsatz drehte sich Pigou um. Er hatte Tränen in den Augen. Noch einmal blicke er Maigret an, als wollte er sich Mut machen.

Aber war es nicht Selbstmitleid, das Pigou so rührte?

Epalinges (Vaud), 29. September 1969

Die große Simenon-Taschenbuch-Edition bei Atlantik

Freuen Sie sich auf viele weitere Bände!
Erfahren Sie mehr unter simenon.atlantik-verlag.de

MAIGRET
Band M69

Georges Simenon
Maigrets Jugendfreund
Aus dem Französischen von Hansjürgen Wille,
Barbara Klau und Cornelia Künne
ISBN 978-3-455-00776-3

Maigret ist nicht gerade erfreut, als ein ehemaliger Mitschüler in seinem Büro steht, den er nie hat leiden können. In der Schule war Léon Florentin der Klassenclown, nun hat er nichts mehr zu lachen: Seine Geliebte Joséphine wurde in ihrer Wohnung erschossen. Woher Florentin das weiß? Er war ebenfalls da, versteckt in der Ankleide. Doch Joséphine hatte noch vier weitere Liebhaber, die allesamt für ihren Unterhalt gesorgt haben und nun – wie Florentin selbst – verdächtig sind.

»Georges Simenon ist ein Gigant der Literatur, der Millionen Leser fand und sie gefesselt und verzaubert, berauscht und beruhigt hat.«
Hanjo Kesting, *Die Zeit*

MAIGRET
Band M68

Georges Simenon
Maigret zögert
Aus dem Französischen von Hansjürgen Wille,
Barbara Klau und Astrid Roth
ISBN 978-3-455-00775-6

Anonyme Briefe erhält Maigret häufiger. Dass sie einen Mord ankündigen und sich mühelos zurückverfolgen lassen, kommt hingegen selten vor. Der Kommissar macht sich auf zu der vornehmen Adresse, in dem prachtvollen Domizil eines bekannten Advokaten finden sich allerdings keinerlei Hinweise auf ein Verbrechen. Doch dann wird die Sekretärin und Geliebte des Anwalts ermordet aufgefunden, und jeder im Haus hat etwas zu verbergen …

»Meine Bewunderung für Simenon und seinen
Kommissar Maigret ist gewaltig.«
Henning Mankell

MAIGRET
Band M20

Georges Simenon
Maigret und die Keller des Majestic
Aus dem Französischen von Hansjürgen Wille,
Barbara Klau und Cornelia Künne
ISBN 978-3-455-00717-6

Als die Leiche von Mimi Clark, Gattin eines amerikanischen
Industriellen, im Keller des Luxushotels Majestic an den Champs-
Elysées gefunden wird, fällt der Verdacht schnell auf einen der
Angestellten. Kommissar Maigret aber hat Zweifel und nimmt
in den Katakomben des Hotels weitere Ermittlungen auf. Dann
führt in eine Spur in Mimis Vergangenheit, als sie noch Animier-
dame in einem Nachtclub in Cannes war. Und plötzlich wird eine
zweite Leiche im Hotelkeller gefunden …

»Ein Musterbeispiel für einen perfekten Maigret.«
The Sunday Times